オメガ 愛の暴君

CROSS NOVELS

華藤えれな
NOVEL:Elena Katoh

駒城ミチヲ
ILLUST:Michiwo Komashiro

CONTENTS

CROSS NOVELS

CONTENTS

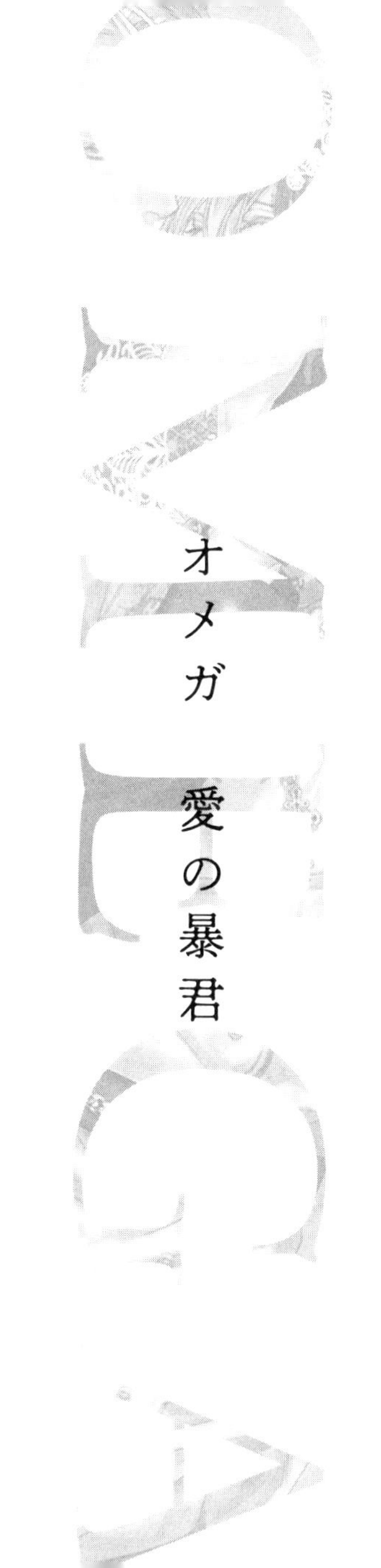

オメガ　愛の暴君

序章

その皇子（おうじ）が生まれた日のことをクロードは今でもはっきりと覚えている。

あれは、まだクロードが七歳のとき、幼年士官学校に入学する直前のことだった。

東欧に広大な領地を持ったこの国が最も美しく輝く白夜（びゃくや）の季節。

一日中、太陽が沈まないため、夜になっても薄紫色の淡い空が広がり、うっすらと浮かびあがった白い月が純白の王宮を美しく照らしていた。

「皇子さまが誕生した、帝国の後継者の誕生だ！」

祝砲が鳴り響き、宮殿全体が歓声に包まれている。その喧騒（けんそう）は王宮の近くにあったクロードの邸宅にも聞こえていた。

「皇子さまが誕生されたんだ」

クロードはベッドから飛び降り、窓を開けてバルコニーに出て王宮を眺めた。数日前に、皇妃と交わした二つの約束を思いだしながら。母親が皇妃の女官頭をしていたこともあり、当時、クロードはよく宮廷に出入りしていたのだ。

『生まれてくる子が男の子だったら、クロード、あなたが近衛隊長になって守ってね。聖ミハイルのように皇子の守護をして』

彼を守れるようになる。それが一つ目の約束だった。

『それから、この子のこと、漢字をイメージして、希来と呼んでやって欲しいの』

男の子が生まれたときは、キリルと名づけることが決まっていた。キリルには、キラ、キーリャ、キルーシャ等の愛称があるが。

『キラさまではなく、希来さま……とお呼びすればいいのですか？』

問いかけると、皇妃は笑顔でうなずいた。東洋から嫁いできた彼女は、黒髪、黒い眸をした儚げな美貌の姫君だった。

『キラも希来も音の響きは同じだけど、漢字はこの国の文字と違って、一つ一つに意味があって、この名前には、希望が来るという意味があるの。この国の希望になるような皇子に育って欲しいということと、私の国のアイデンティティを少しでも忘れないために、漢字で呼びたいの』

皇妃は、一枚の紙に記された『希来』という漢字の文字をクロードに見せてくれた。ギリシャ文字でもラテン文字でもアラビア文字でもない。一度も見たことがない、不思議な文字だった。

『わかりました、そのようにお呼びします』

それが二つ目の約束だった。けれど皇妃との約束が果たされることはなかった。

翌日、皇帝が国民に哀しい事実を発表したからだ。

「残念ながら、皇子は生まれてすぐに死亡した」――――と。

たった一日で亡くなってしまった皇子。その数日後、体調を崩し、皇妃も亡くなってしまった。

そしてそれから十八年。季節はまた白夜の時期を迎えようとしていた。

1　オメガの皇子

ついに見つけた、皇帝の血をひく稀少なオメガを——。


その日は、まばゆいばかりの月が天空に浮かびあがっていた。

天窓から月明かりが漏れる半地下になった部屋の扉をひらいた瞬間、身体の奥が疼くような、異様なほどの淫靡な香りにクロードは愕然とした。

甘く誘うような眼差し、艶やかな唇、白い肌を淡い桃色に染めた男がじっとこちらを見ている。降りそそぐ月の光に、美しい風貌を神々しく浮きあがらせながら。

「……っ……」

妖しく潤んだ眸と視線が絡み、彼から漂う匂いを嗅いだだけで抗いがたい劣情が湧き起こる。

まちがいない。ここにいるのは、ずっとさがしていた「彼」だ。

パリに亡命した皇族たちが密かに行方を追っている皇子。その彼を誰よりも早く見つけることができた。何という幸運だろう。

しかもただ見つけたというだけではない。今、その皇子がまさに発情期を迎えている。

「その身体……助けてやろうか」

低くよく通るクロードの声が石造りの空間に反響する。

「……誰……あなたは……？」

彼が不安げに問いかけてくる。弱々しく儚い口調だ。しかしその声音には、男を誘うようななまめかしさがにじんでいる。

オメガという性で生まれた以上、決して逃れることができない、月に一度の発情期。自分と彼、二人しか存在しないこの空間で、彼はその状態に陥っているのだ。

「俺か？　俺は……」

彼を支配してやる。思い通りに。この世に、たった一人しかいない、この貴重な存在を。

「おまえを必要とする者、おまえを求めてきた者だ」

「ぼく……を？」

「そうだ、おまえを迎えにきた。ここから出すために。こっちに来るんだ」

すがるように彼が手を伸ばしてくる。その細くしなやかな身体を胸に抱きとめたとき、クロードの胸に「勝った」という思いが広がっていった。口元の笑みとともに。


その一時間ほど前――――クロードは、美しい月夜の草原にいた。

神々しい月が東スラブ地方の大平原を明るく照らす夜だった。

夜といっても、初夏のこの季節、大地が暗くなるのは、わずか二時間ほどしかない。東の空はすでに淡い紫色の明るさに包まれている。

（ひさしぶりだ、この夜の短さ……）

大きく蛇行する川と地平線まで続く大平原、芽吹きかけた新緑の白樺の木々。

そんななか、透きとおるような月明かりに照らされ、ひっそりと建った純白の修道院を目指してクロードは部下のドミトリーとともに草原を馬で駆けていた。

「あちらです、クロードさま」

古めかしい修道院の裏口の前までくると、クロードは馬から下りて深くかぶっていた帽子をとった。つい先ほどまで降っていた雨に濡れた金色の髪が月に煌き、薄青色の双眸がよりいっそう冷ややかさを増している。そんなクロードの姿をドミトリーがしみじみとした眼差しで見つめる。

「さすがですね。故郷の服がよくお似合いです」

「……皮肉か？」

「いえ、とんでもない。素直な感想です。クロードさまの凛々しいお姿を見ていると革命前を思いだして、なつかしくなります。あのころ、クロードさまは帝国陸軍の軍服がこの世で最も似合う男と囁かれておりましたね。その冷たいまでに整った美貌、腕の良い細工師が彫った氷の彫像のようだと言われて……」

数年前、首都ペトログラードで起きた革命。

クロードの故郷――ルーシ帝国は崩壊し、帝国軍もなくなってしまった。

皇帝に仕えていた多くの者が処刑されるなか、クロードは運よく帝国から亡命し、今はパリの裏社会でマフィアとして生きている。大貴族の長男として生まれはしたものの、現在はパリのならずものでしかない。

「仕方なく身に着けているだけだ。パリでの格好で、この国にはもどれないだろう？」

そう言いながらも、久しぶりの故郷の服装はやはりしっくりくると実感していた。

軍服ではないが、昔着ていた平服に着替えてきた。というのも、アルファを中心とした身分差のある貴族社会がなくなってしまったとはいえ、革命後もこの国ではまだ当時のままの服装や生活スタイルが保たれているからだ。

「それよりも、ずいぶん荒れ果てた修道院だな。こんなところに本当に人が住んでいるのか？」

「え、ええ。資料によりますと、ここの裏口から入り、墓地を抜ければ、修道士が暮らしている建物や大聖堂に着くはずです」

修道院の裏口の前には、広大な墓地。

ここは、ルーシ正教会の修道院として中世のころから数百年続いていた。

果たしてどれだけの修道士が眠っているのだろう。黒い御影石（みかげいし）の墓石や、ルーシ正教会特有の十字架が建てられた墓地は、もう何十年もまともに手入れがされていない様子だった。

枯れかけた雑草が腰の高さほどのところまで伸び、墓石や十字架もあちこち壊れ、荒涼とした風情が漂う。

しかし見れば、墓地の向こうに教会がある。月明かりが奥にある正教会の鐘楼（しょうろう）を浮かびあがらせていた。白い外観、鈍色（にびいろ）の丸屋根、十字架といったよくある聖堂だった。

（こんな修道院に、彼が閉じこめられていたとは想像もしなかった）

彼——とは、事情があって皇位継承者とすることができなかった皇帝の末裔（まつえい）。

つまり皇子である。

この修道院にいる男が本物の皇子かどうかを確認したあと、救いだして国外へと連れだす――その目的のため、革命によって二度ともどることはないと思っていた故郷の地に、クロードは数年ぶりに足を踏み入れたのだ。

「さあ、まいりましょう。狼や野犬が潜んでいないともかぎりませんのでお気をつけて」

「ああ」

墓地の前の厩舎（きゅうしゃ）らしき建物にそれぞれの馬をつなぐと、餌と水を与え、クロードはドミトリーとともに雑草に埋もれた墓地のなかの道なき道を進んでいった。

「皇子は、ここで自給自足の生活をしているのか」

「ええ。修道士は、基本的に自給自足で生活をしておりますからね」

「他の修道士たちは？」

「調べたところ、他の修道士たちは全員亡くなっているようです」

「では、彼はずっと一人でここに」

「そういうことになりますね。おそらくご自身の父君が処刑されたことも知らないまま」

皇帝には、二番目の皇妃との間に六人の皇子がいたが、革命時に一家全員が処刑されてしまった。

今となっては、その前の皇妃との間に誕生した皇子――ここにいる「彼」だけが皇帝の忘れ形見であり、帝国の後継者、莫大な帝国の遺産の相続人ということになる。

「ここにいる皇子は、最初の皇妃さまとの間のお子さまでしたよね」

「そうだ。東洋から嫁いでこられた姫君の子で、ルーシ名は、キリル・ニコライヴィチ。だが、皇妃さまは、希来という東洋名でお呼びになられていた」

キラではなく、希来と呼んで欲しい。皇妃はそんなふうに言っていた。

「皇妃さまは皇子をご出産されたあと、亡くなられたのでしたね」

「ああ。数日後に」

「皇子は、その前……お生まれになってすぐに亡くなったと発表されたんですよね。それなのに、まさかこんなところで生きていらしたとは」

十八年前、皇子が誕生したときのことも、亡くなったと発表があったときのことも、クロードは昨日のことのようにはっきりと覚えている。

「革命軍も想像もしなかっただろうな。まさかまだ他に皇帝の子孫が国内に残っていたなど」

「皮肉ですね。長男として産まれながらも、オメガであったばかりに皇位を継げないとは」

「ルーシの法ではオメガは皇帝にはなれない。財産を相続することもできない。だが莫大な財産を管理することはできる」

「管理？」

「そうだ。皇帝一家は処刑されてしまったが、無事に亡命した皇帝の親族が何人かいる。そのなかの誰か……親戚筋にいるアルファと婚姻し、孕めば問題はない」

第三の性――オメガ。

男女の性以外に、この世界には三つの目の性が存在する。

人口の二割を占めるアルファという性を持った男女。アルファは支配者階級に君臨する者たちで、各国では、皇族や貴族に多い。

そして殆どの人口を占めるベータという性を持った男女。いわゆる平民的な存在である。クロードの部下のドミトリーはこれに属する。

そしてそれらとは別に、この世界には、人口の一割にも満たないオメガという性が存在する。

男性でも妊娠可能な肉体を持ち、成人すると、一カ月に一度、発情期を迎え、その間に性行為をしなければ生きていけないともいわれている。

生殖のための肉体を持った存在。

そう言われ、昔も今もオメガはひどい差別を受けている。

まるで人権などないかのように、アルファやベータよりも劣った人間という扱いを受け、性的な奴隷か、繁殖のための道具として扱われてしまうのだ。

厄介なのは、本来、アルファしか生まれないはずの、皇族や高位の貴族の家に、突然変異という形でオメガが誕生してしまうことだ。

長子として生まれたとしても、ルーシではオメガに後継者としての地位は約束されない。

ここに幽閉されている皇子もそうだ。

東欧一の帝国の第一皇子として誕生しながらも、オメガという性ゆえ、この世に存在しなかったものとして、生まれてからずっと人里離れた修道院に幽閉されてきたのだ。

「皇帝の子がオメガしか存在しなかった場合は、親戚筋のアルファとつがいにし、生まれた子供に帝国を継がせるという法がありましたね」

ドミトリーが問いかけてくる。

「そうだ、前皇帝には兄弟も姉妹もいなかったが、先先代の皇帝には、二人の姉がいた。その孫たち——つまり、皇子の又従兄（はとこ）の三人。そのうちの誰か一人とつがいになり、子を産めば、その子に皇位が受け継がれることになる」

「あ、ああ、あの三人ですね。パーヴェルさまと、イワンさまたち兄弟と」

ドミトリーが苦味のある含み笑いをする。

その意味するところはクロードにもわかった。

三人とも、そろってパリでの評判が悪く、亡命した者の間では、かなり呆れられているような存在だからだ。

そんなやつらのつがいになり、子を産まなければいけないとはかわいそうにと言いたいのだろう。

しかしそれも仕方のないことだ。その三人以外に、もう皇族の男性はこの世に存在しない。

「その誰かとここにいるキリル皇子とがつがいになり、アルファができれば、その子が財産を継ぐ。そしてそのアルファが成人するまでは、たとえオメガであったとしても、皇子が財産の管理人ということになる」

スイス銀行にあずけられている帝国の財産は、今現在、亡き皇帝の母親で、パリにいる皇太后ナタリアが管理している。

このまま後継者が見つからなければ、皇太后は、自分が亡くなったあと、帝国の財産はルーシ正教会に寄付すると宣言している。

（もちろん、又従兄たちは……それをよく思っていない。それぞれ、何としても自分が財産を手に入れたいと画策している）

誰が一番最初に、オメガの皇子を見つけだすことができるのか。

又従兄たち三人は、全員が躍起になって皇子をさがしている。クロードは、そのうちの一人――パーヴェルという男性から依頼され、皇子の行方を捜索することになった。

数カ月前、突然、呼びだされ、どうしても皇子をさがして欲しいと頼まれたのだ。

『クロード、スイス銀行の金を、おまえに半分やる。だからオメガの皇子を見つけてこい。そして皇太后に、その皇子が自分の直系の孫だと認めさせるんだ。おまえは皇太后のお気に入りだからな。おまえが連れてきた相手なら、彼女も孫だと認めるだろう』

皇太后ナタリアが孫だと認めなければ、皇子とつがいになっても意味はない。

彼女が認めたあと、その皇子をつがいにし、その間にできた子供だけが財産を手に入れることができるのだ。

「とりあえず残る問題は国境までの移動ですね」

「ああ」

今日がこの国の革命記念日にあたり、これから一週間、革命軍は首都で盛大に記念祭を祝う。

皇子を救出するために潜入できるのは、国境の警備が手薄になる今の時期しかない。

この一週間を逃してしまうと、次はいつになるのか。

ベータであるドミトリーは問題ないが、元陸軍将校で、アルファのクロードがもどっていることを革命軍に知られると、即刻、逮捕され、ペトログラードに連行されて処刑されてしまうだろう。

ここにいる皇子もそうだ。オメガとはいえ、皇帝の血を引いている以上、ただでは済まない。

「皇子の救出が最優先だが、彼が本物かどうか、証拠の確認も依頼されている。資料を確認する時間が欲しい。だから打ち合わせどおり、国境の森での待ち合わせは二日後の深夜だ。いいな」

車を用意している場所までは馬で丸一日はかかるだろう。

さらにそこから国境までは森を抜けていかなければならない。最低でも二日、下手をすれば三日はかかる。

「では、それまでに私は逃走の準備を。打ち合わせどおり、その日、国境の森にある廃屋で待機しております」

「万が一、不測の事態が起きて俺が間に合わなかったときは、車だけ置いて、おまえは安全な場所に逃げろ」

「大丈夫です、革命記念祭の間なら何とか」

「わかった。ただし、危険を感じたときは逃げろ。自身の身の安全を第一に考えろ、いいな」

「承知しました。それでは先に行って用意をしておきます」

「頼んだぞ」

一刻も早く逃走しなければ。というのもあったが、危険を承知の上で、クロードがこの修道院で朝まで過ごそうと思ったのは、その皇子がどんな人物なのか、よくわからないまま連れだすほうが危険だと思ったからだ。

どんな容姿で、どんな性格で、どんな知性を持っていて、自分に対してどのような態度をとるのか。果たして利用できる相手かどうか。

皇太后ナタリアに認められるための努力をする覚悟があるかどうか。

その後、又従兄のパーヴェルとつがいになり、男でありながらもオメガとして子を生し、ルーシ帝国の財産の管理をしていけるだけの人物かどうか。

（もし……それが無理な人物なら……）

そのときは『殺せ』とパーヴェルから頼まれている。そしてその代わり、皇子を演じられるオメガをさがしだし、本物の皇子らしく見えるように仕立てあげろと。

万が一、替え玉を作るにしても、本物がどのような容姿をしていて、これまでここでどうやって暮らしていたかを知る必要がある。

そのため、危険を顧みず、クロードはここで一夜を過ごすことにしたのだ。救出するにしろ、殺すにしろ、どのような人物か確かめるために。

「では、クロードさま、私はこれで。どうかくれぐれもお気をつけください。なにかありましたら、あなたまで革命軍に処刑されることになりますので」

「ああ」

革命から数年が経つとはいえ、いまだにアルファ狩りが行われているのは知っている。

「危険を承知で、よくこのお仕事をお引き受けになりましたね」

「だが……やりがいのある仕事だ」

「復讐のため……ですか？」

「誰に？」

「あ……いえ……何でもありません」

「なら、余計なことは口にするな。では、国境の森で」

キリルこと、希来。果たして皇子はどんな生活をしているのか。

年齢は、十八歳になったばかり。

だとしたら肉体はすでに少年期を終え、オメガとして発情する時期を迎えているだろう。

発情した身体を抑えるには、アルファ性を持った相手と性行為をするか、あるいは抑制作用のある薬を飲む以外にない。

ここには他には、誰もいないと聞いているが、発情期をどうやり過ごしているのか。

そんなことを考えながら気配を殺し、聖堂の扉を開けた瞬間、クロードは建物全体に漂う甘い匂いに眉をひそめた。

これまで嗅いだことのない甘美な馥郁とした香り。

まろやかな薔薇の芳香と濃密な百合に少しばかりヴァニラが加わり、それでいて妖しいシダーウッドのような匂いが皮膚から染みこみ、脳髄を刺激する。

「う……っ」

祭事用の香草の匂いか？

いや、違う。教会の儀式の匂いとは違う。

オスとしての性、剝きだしの本能をあからさまに刺激してくるような淫靡な匂い。教会のなかに、こんな邪な感覚を疼かせるような香りが充満しているわけがない。

こんな衝動は初めてだ。

任務や仕事中は、どんな好みの女性を前にしても劣情など感じたことは一度もない。

自分自身、感情的にも性的にも極めて、合理的で、冷徹で、他者からすれば氷のような男だと自負している。それなのに。

（オメガの……フェロモンの香りか？）

クロードはかぶりをふり、手袋に覆われた手の甲で鼻腔から口元を押さえて自身を落ち着かせた。

月の光が漏れる聖堂内は、ルーシ正教の聖人たちを描いたイコンが壁に掲げられ、それぞれの前に蠟燭が何本か灯っていて、ここに人がいることを教えてくれる。

拳銃をとりだそうとしたとき、パシャという水音のようなものが聞こえてきた。

音がしたのは、聖堂の隣にある小さな部屋からだった。

そこに、皇子がいるのか。

暗闇のなか、半開きになった扉の内側をのぞくと、居室になっていた。

小さなベッドや机、書棚が置かれ、テーブルに置かれた木製の汁椀にソバの実のスープのようなものが入っている。

しかし人の気配はない。水音がするのはさらにその奥だ。息を詰め、気配を殺してクロードは奥へと進んでいった。

奥はキッチンのようになっていて、そこに半地下へと続く石段があった。

近づくと、さっきよりもはっきりと水音が聞こえてきた。と同時に、甘い香りが強烈な刺激となってクロードの脳を揺さぶってくる。

（そこに……いるのか、皇子が）

手で口元を押さえ、そっと扉を開けた瞬間、クロードはハッと目を見はった。

猛烈に官能を刺激する香り。くらくらとさせるような空気に包まれた半地下の空間は浴室になっていて、ほっそりとした一人の男がそこで沐浴していたのだ。

水浴ができそうな石造りの風呂場。

足首まである修道士用の白い下着を着たまま、水が溜まったそこに腰まで浸かり、泣きそうな顔をした男が自分の身体を抱くような格好でそこで震えていた。

「あ……っ……」

クロードに気づくと、彼はすがるような目で見つめてきた。

充血した甘い眼差し、喘いでいるかのように唇を半開きにして苦しそうに息をしている。

月の光を浴び、水のなかに腰まで浸かっている男の姿は、まるで伝説の人魚のように妖しい美しさに満ちていた。

けれどその尋常ではない様子、空間全体に漂う異様な甘い香りに、クロードは、自分の目の前でなにが起きているのか、一瞬で悟った。

（そうか……そういうことか。だからさっきからこんなに甘い匂いが……？）

淫靡な気持ちにさせるこの空気。淫らな姿で身悶えている修道士。

ここにいるのはさがしていた男――キリル皇子だ。

そして、今、彼は発情期を迎え、身体の熱を鎮めようと沐浴をしている――その現場に、運悪く、いや、運よく出くわしたらしい。

オメガという性で生まれた以上、決して逃れることができない、月に一度の発情期。自分と彼、二人しか存在しないこの空間で、彼はその状態に陥っているのだ。

「……っ」

「発情しているのか？」

あまりにも彼が儚げに見えたせいか、ここにいる男が主君だった皇帝の忘れ形見かもしれないということなど関係なく、クロードは部下に対するそれのように高圧的に問いかけていた。

「……っ」

彼は泣きそうな顔でクロードを見た。

発情したオメガで、まだ特定の相手と「つがい」の儀式を行っていない者は、自然とアルファを惹きつけるフェロモンを発してしまう。

だが、つがい——男女の夫婦のようなものだが、アルファがオメガの首筋に噛み痕をつける儀式を行ったあとは、その相手以外を惹きつけることはないという。

アルファである以上、クロードも発情したオメガの匂いに刺激を受けたことはある。けれどこれほどまでに強い性衝動がつきあがってきたのは初めてだった。

（俺はどんなに惹かれても……オメガとつがいになる気はないが）

まるで性衝動に人生を支配されるようで愚かな気がするからだ。それなのに、こんなにも激しい衝動を受けてしまうとは。皮膚の内へ内へと染みこんでいく妖しい香気に身体の芯がジリジリと燃えるようになっている。

「どうした、発情しているのではないのか」

冷静さを装い、低い声でクロードは問いかけた。

「……っ……怖い……身体が……もう薬では……抑制できなくて……」

見れば、浴槽の脇には、薬草のようなものが散らばっている。発情抑制作用のある薬のようだ。

薬で発情が抑制できなくなったオメガがどうなるのか。

（アルファとのセックスで肉体を制御しなければ……発情の強さに耐えきれず、正気を失って悶え死ぬ……と耳にしたことがあるが）

本当かどうかは知らない。確かめたこともないし、これまでそんな状態のオメガと遭遇したこともない。もちろん、抱いたこともない。

（このまま放置すれば……この男は……死ぬのか？）

クロードはじっと男を見つめた。

折れそうなほどの体軀はどこまでも華奢で、その皮膚の真珠の輝きのような美しさにはフェロモンなど関係なく誰でも惹きつけられてしまうだろう。

「その身体……俺が助けてやろうか」

クロードは石段を降りて水のなかに進み、彼に近づいていった。冷たい水だ。せめて発情の熱を冷まそうとしていたのか。

「っ……誰……あなたは……？」

不安そうな、震える声で尋ねられる。

だがその声の奥にはなまめかしさがにじんでいる。己の発情を抑えることができずに、腰まで水に浸かって苦しげに身悶えている様子は凄まじく煽情的だ。

「俺か？　俺は……」

相手がオメガである以上、こんな場面に出くわすこともあるだろうとは想定していたし、まさかの場合は、どうすべきなのか、いくつものケースを予測していた。しかしこんなにも自分が惹きつけられてしまうというのは計算外だった。

（いや、それならそれでいい。この衝動を利用すれば）

彼を支配してやろう。そう思った。

どのみち、彼を利用する気でいたのだ。己の野心のために。そう、この先、使える駒として。

それならいっそ支配すればいいのだ。

彼を孕まさなければそれでいい。つがいにさえならなければいいのだ。

この男は、いずれパーヴェルとつがいの儀式を行い、その身に彼の種を宿さなければならない。でなければ、ルーシ帝国の莫大な遺産は手に入らない。

つまり自分がつがいにさえしなければいいのだ。それ以外は、この男を好きにしても何の問題もない。むしろ支配してしまえば、思いどおりに利用できる。この貴重な存在を。

「おまえを必要とする者、おまえを求めている者だ」

クロードは彼に手を伸ばした。

「迎えにきた」

「……っ……ぼくを？」

「ああ」

クロードがうなずくと、ホッとしたような顔で彼はすがるものを求めるように水音を立てて近づいてきた。骨が浮き出そうなほど細い肩に手をかけると、彼がピクリと身体をこわばらせる。

「あ……」

緊張しているらしい。けれど警戒されているようには思わなかった。

はあ、はあ……と息を浅く喘がす彼が醸（かも）しだす空気はどこまでも甘い。その様子にたまらなく劣情

が煽られてしまう。

「……っ……お願い……助けて……助けてください」

「抱いていいのか」

己の情欲を隠し、冷静に問いかける。

「あなたは……アルファ……ですか？」

「そうだ、残念なことに」

「どうして」

「発情したオメガに欲情してしまう」

クロードの言葉に彼は困惑したような微笑を浮かべた。

「でも……だからこそ……ぼくを助けてくださるのでは」

「そうだ」

「……名前は？」

「俺はクロード。おまえはキリルでいいのか」

「いえ……希来、ルーシの文字ではなく……漢字で希来と……」

「漢字で？」

「顔もなにも知りませんが、ぼくを産んだ母が……東洋の血を引いていたらしく……ここではそう呼ばれていたので……」

知っていたのか。一瞬、胸が騒がしくなった。

「希来か」

言葉にしたとたん、昔の記憶がよみがえりそうになった。今はもう存在しない帝国。今はもう存在しない皇妃。そのときの儚い約束を。

だが、それをなつかしく思い返すことはできなかった。あまりにも彼から伝わる空気が蠱惑的で、理性的になにかを考える余裕がなかったのだ。

「抱くぞ」

希来はじっとクロードを見つめると、潤んだ目をわずかに細めてうなずいた。

「……っ……え、ええ……」

ふわっと、彼から漂う甘い匂いが濃密さを増した気がする。

次の瞬間、たまらなくなり、クロードはその身体を抱きかかえると、半地下から上へとあがってベッドに降ろした。

「ん……っ……」

しどけなく横たわった希来を見下ろす。天窓からの青白い光に照らされ、シーツが空のような色に染まっている。

白い衣服を乱し、濡れた身体でぐったりと横たわっている希来は、この世界に堕ちてきた天使のような美しさに満ちている。

けれど発情のフェロモンを発しているその姿はとても罪深い。ほしいまま骨まで喰らってくれと訴えてくるような空気を、全身から揺らぎだしている。

制御できない劣情に煽られるかのように、クロードは希来にのしかかっていった。

「ん……っ」

衣服をたくしあげてぷっくりと膨らんだ乳首に舌を這わせていく。

なめらかな肌だ。上質の絹のような。

こんな心地のいい肌は初めてだ。そんな感覚を抱きながら、乳首を吸うと、彼の皮膚の肌理にしっとりとした汗がにじみ始める。

「あ……っ……」

肌に触れているだけで甘く芳しい香気がたちのぼってクロードを狂おしく誘惑していく。尖り始めた乳首を甘く噛むと、たまらなさげに希来の腰が淫らに揺れる。

「いや……ああ……どうして……っ」

己の反応が怖いのか、希来は無意識のうちにクロードの肩を押しあげてそこから逃れようとする。

自覚しないまま、肉体に湧き出てしまう快感。そこから生じる愉悦とどうむきあえばいいのかわからないといったところか。初々しい反応だ。

「初めてなのか……アルファに抱かれるのは」

希来の耳朶を噛み、問いかける。

「……え……ええ……抱かれるのも、外の世界の人に会うのも……なにもかも初めてで」

「誰とも……会ったことはないのか」

「え……ええ……禁じられていたので。ここの修道士以外との……触れあいは」

「修道士たちとも……一度も？」

「アルファは……あなたが初めてなので」

「いいのか、初めての相手が俺で」

「……ここにはもう誰もいません……必要としてくれる方がいるなら……ぼくは従います」

「なら、従え」

その言葉に導かれるように、「はい」と答え、希来はかすかに身体を緊張させながらも少しずつこわばりを解き、震えながらまぶたを閉じて素直にその身を投げだしてきた。

「……」

愛らしい男だと思った。

生まれてすぐ修道院に閉じこめられ、外の世界を知らないまま無菌状態で育ったのだろう。

オメガゆえ、他者を性的に刺激するという理由もあるが、なによりも皇子として政治的に利用されないよう、この修道院で忘れられた存在として生きることを強制されてきたに違いない。

「ん……っ……」

唇をついばみながら彼の肌をまさぐり、ぷっくりと膨らんだ乳首に指先でやんわりと刺激を与えていく。少し乳首を弄(いじ)っただけで彼の下肢の生殖器が反応を示しだす。舌を絡めあわせているうちに口内に甘い薫香が広がり、脳髄まで痺れたようになってくる。

「ん……っ……あ……」

悦楽を感じているのか、希来がクロードの肩に手をかけて爪を立ててくる。布越しでも感じるキリキリとした痛み。

それすらも甘い誘惑に思え、たまらずその白く細い首筋に歯を立てたい衝動が押しよせる。

「……っ」

しかしすぐに、その本能的な衝動を理性によって押し止めた。歯を立ててどうするのか、つがいになってしまうではないか。

彼の首から顔を離し、クロードは半身を起こした。

「——そろそろ欲しいのか」

クロードは希来の両足首をつかみ、ぐいっと左右に広げた。細く長い綺麗な足の付け根の、薄い恥毛に覆われたあたりが己の先走りの雫でぐっしょりと濡れていた。

「や……見ないでくださ……っ……恥ずかしい」

快楽に身悶えながらふるふると震えている彼の足の間に入ると、すでに形を変えた性器とその奥の固く閉ざされた入り口をクロードは舐めるように見つめた。

「見せろ、とても綺麗な身体をしている」

「っ……そんなこと……あ……あぁ……っ」

そのまま彼の蜜を指に絡め、クロードはほぐし始めた。

「いや……ああっ」

発情期を迎えているせいか、普通の男ならもっと頑なに閉ざされているであろうそこは、少し慣らしただけでクロードの指に吸いついてきた。

「狭いな、だが……やわらかくなっている」

グチュグチュと音を立ててそこをかきまわしていく。

「ああっ……あっ」

濡れた音と彼の甘い声とが石造りの室内にこだまする。希来の肌は粟立ち、その眸から涙が流れ落ちている。

「ああ……っ……う……っ」

腰をよじらせ、身悶える姿は恐ろしいほど淫らだった。

彼の内部を舐めまわしたい衝動やもっとぐちゃぐちゃにしてみたい情動も突きあがってきたが、それ以上に、この肉体に溶けてみたい、劣情の嵐が押しよせ、クロードは希来の細い腰をつかんで引きよせていた。

そのまま細いウエストに腕をまわして、己の猛った肉塊をあてがう。

「んっ……怖い……んんっ」

甘い吐息が耳に心地いい。クロードはゆっくりとその狭い窪みの奥へと突き進んでいった。

「あ……ああ……っ」

ぐちゅりとぬかるんだ音がしたかと思うと、すでにやわらかくほぐされた粘膜がクロードの肉身を呑みこんでいく。

熱を帯びた内壁のきつい締め付けに抗うように、クロードはさらに腰を進めた。

「ああ……ふ……う……っ……ああっ……」

何という窮屈さ。こちらのほうが喰い殺されそうな狭さだ。それに凄まじい熱。ピクピクと痙攣（けいれん）し、熱くクロードの性器に絡みついてくる。

「ああっ……いっ……ああっ」

初めての結合にかなりの痛みを感じているのだろう。希来は呼吸を求め、口をぱくぱくと開けて苦悶している。

奥へと呑みこもうとする一方で、狭い内壁が荒々しい侵入者を必死にはねつけようとする抵抗がないわけではない。

　なにも知らない無垢な心と、発情してどうしようもない肉体。そのアンバランスさがクロードの劣情をこれ以上ないほど煽り、彼の肌からあふれる甘いフェロモンの匂いが狂おしくクロードの全身に絡みついて酔わせてくる。

　生まれながら、こうされるための肉体を持っているせいか、最初はこわばっていた希来の四肢が少しずつやわらかくなり、ほおも肌も上気して快感を覚え始めているような風情が漂う。

　これがオメガの肉体というものなのか？

　愛も情も存在しないのにひたすら相手を欲しいと求めてしまうとは。

「ん……ああ……っ」

　希来のなまめいた吐息をのがすのも惜しくて、唇を吸い、口内へと侵入していく。

　いつしかグイグイと激しい律動で彼を揺さぶっていた。

　猛々しい凶器に貫かれ、幾度となく乱暴な抜き差しをくり返され、内臓が受ける圧迫感に希来はそれでも甘い声を出して身悶えする。

　激烈な刺激に希来は腕のなかで身を淫らにくねらせながらクロードにしがみ付いてきた。

　奥を突いたあと、結合部をこすりあわせながら引き抜き、再び一気に猛りを押しこむ。

「ああ……っ」

　抜き差しのたびに彼の粘膜はいっそうの熱を帯びていく。

　このまま己の肉塊が爛れて彼のなかに溶けてしまうのではないかと錯覚してしまいそうなたまらない心地よさに支配されている。

「ああっ……ああ……ぁ……っ」

希来は粘膜を震動させながらクロードの肉を咥えこみ、根元まで喰らいつき、その熱で溶かそうとしている。この熱にもっと溺れてみたい。もっと酔わされたい。もっと狂いたい。

「いや……あ……ああ……ああっ」

唇から艶かしい声があふれる。希来の内壁は咥えこんだものを締めつけ離さない。

彼の先端からはさっきからとめどなく淫らな蜜がほとばしり、ボトボトと音を立ててシーツを濡らしている。

「ん……ふ……く……やめ……ああ…う……もう……っ！」

彼が甘い悲鳴をあげた瞬間、クロードは欲望を放っていた。

「あ……ああっ」

クロードと同時に彼も果てていた。そのままぐったりとクロードに身をあずけてくる。しかしまだ彼からは甘い香りが漂い、ぞくりと背筋が総毛立った。

(生まれてから十八年間、ずっと忘れられてきた皇子……か)

嗅いだことがないほど蠱惑的な匂い。理性や意思と関係なく、本能的な部分を刺激してくる。そのせいか、もう一度、彼が欲しくなっていた。これではただただ己の肉体が劣情に支配されているだけだ。そう自嘲しながらも。

「おまえは……天使の姿をした悪魔か」

思わず呟いていた。

「……」

彼がうっすらと目をひらく。息を喘がせながら、潤みのある眼差しで。それだけでさらに欲情の火が過熱してしまう。

「この悪魔が」

俺としたことがどうしたのか。こんなことは初めてだ。オスとしての欲望なんていくらでも制御できていたではないか。

そう強く自嘲しながらも、それでもクロードは腕のなかの男に再びのしかかっていた。

2　アルファの本能

「——行くぞ」

希来の手を摑み、クロードは墓地の手前につないでおいた馬のもとに向かった。

朝の露を含んだ雑草の間を抜けていく。外はまだ暗いが、東の空がうっすらと明るくなっている。修道院の丸い屋根がさっきよりもずっと明るく見える。

あのあと——もう一度、この男を抱いた。

今もまだ希来からは甘い匂いがしているが、それでも少しマシになっている。今のうちに移動したほうがいいだろう。

「……あの……行くって……どこに」

不安そうに上目づかいで尋ねてくる希来を見下ろす。さらりとした飴色の髪と眸、透けそうなほど白い肌。大きな眸といい、暗闇で見るよりも外で見るほうがずっと綺麗に感じられた。

「さっき説明しただろう、パリだ」

「この近くですか？」

小首を傾げて、不思議そうに尋ねてくる。

「パリを知らないのか？」

「あ、いえ……フランスという国の首都だというのはわかっています。ただ……修道院から出たことがないので」

「どのくらいの距離なのかわからないということか」

「え、ええ……すみません」

この男はこの世界のことをなにも教えられていないようだ。

さっき少し話をしてわかったが、彼が知っているのは、ルーシ正教のことだけ。西暦も知らず、彼にとってはルーシ正教暦の時間の流れが世界のすべて。

ベータによる革命が何なのかもわかっていない。いや、それ以前に、革命が起きたことも知らなかった。自分の親が殺されたことも、ルーシ正教会もなくなってしまったということも、なに一つ知らないまま過ごしていたのだ。

ここは市街地からも遠く、ほぼ忘れ去られたような場所にある教会だ。すでに修道士もいないものとして、革命軍からは無視されたのだろう。

そして革命が起きたことも知らないまま、最後の修道士の葬儀を終えたあとは、彼一人で、ここで畑を耕して暮らしていたとか。

(革命軍から忘れられていたとしても仕方ない。そもそもこの修道院は、帝国の記録にもまったく記載されていなかったのだから)

修道院の古い資料を調べたところ、ここは、男性のオメガ専用の修道院だったようだ。

出産目的のためだけに繁殖犬のように扱われ、適齢期が過ぎたあと、男性のオメガたちが余生を送るために作られた施設とでもいうのか。

「ここで生涯を終える予定でした」

希来は、赤ん坊のころにここに閉じこめられた。生涯、この空間から出してはいけないという条件のもとで。高額の寄付金とともに。

しかしそれを命じた皇帝はもうこの世にはいない。命じられた修道士たちももうすでにこの世には存在しない。

「本当にここから出ても大丈夫なんでしょうか」

「一人残っても、生きてはいけないだろう。発情抑制剤が効かなくなっているのに。一人で外に出ても同じだ。おまえが普通に生きていくことができるように、導いてくれる人間がいなければ」

「いなければ、どうなるのですか?」

「決まっているだろう。オメガの肉体を持ったものとして、どこかで繁殖のために利用されるか、革命軍に殺されるかのどちらかだ」

希来は目を見ひらき、ひとりごとのように呟いた。

「……ここに、一人で残っても生きてはいけない。外に出たら利用されるか、殺されるか。……ぼくという人間は……この世界で生きていく価値があるのでしょうか」

その声に含まれる不安を払うように、クロードはきっぱりと答えた。

「ある。だから生きろ」

「本当……に？」

「価値があるからこそ、迎えにきたんだ。おまえが必要だと言っただろう。外の世界に連れだす以上、おまえが無事に生きていけるように導くつもりだ。信じてついてこい」

クロードは立ち止まり、有無を言わさない口調で言った。じっとこちらの顔を見つめると、希来は安堵したような表情になった。

「そうでした、ぼくのそばにはあなたがいるんでした。ぼくはひとりぼっちじゃないです」

澄んだ表情で言うと、希来は笑みを深めた。

「どういう意味だ」

「どこまでもあなたについていきます。あなたに従って生き、あなたに導かれて外の世界に出ようと思ったので。あなたの手をとったのです」

「だから俺の手を？」

ついうさんくさげに見てしまったクロードとは対照的に、希来はまっすぐな眼差しで幸せそうにほほえんだ。

「必要だと言ってくれたじゃないですか、あのときに」

「ああ……言った」

「そのとき、あなたについていこうと思いました」

「それだけで相手に従うのか?」

「いけませんか?」

「いけなくはないが」

「それだけでいいんです。ぼくにとってはそれだけでもすごいことなんです。必要だなんて初めて言われたんですよ、嬉しくて」

「バカか、おまえは」

クロードは彼に背を向け、井戸のそばに繋いでおいた馬の馬具を確かめた。

「バカ? どうしてですか」

「初対面の相手をたやすく信じるな。俺が悪人かどうかも知らないくせに」

彼に背を向けたまま、冷たく吐き捨てるように言う。

「でも助けてくれたじゃないですか」

「助けた?」

ふりむき、クロードは目を細めた。

「ぼくを抱いてくれました。おかげで、発情の苦しみがなくなりました」

「……」

「ありがとうございます、まだお礼を言ってませんでしたね」

クロードの肩に手をかけ、眩しいほど無垢な笑みを浮かべる。

「ありがとうだと? 本気で言ってるのか」

「ええ、本気です」

おかしなやつだ。頭が悪いというわけではなさそうだが、ひたすらまっすぐというか純粋というか。このまま外の世界に出していいのか、心配になってくるほどだ。

「今さっき……俺に導かれて生きていくと言ったな？」

「え、ええ」

「なら、いくつか教えておく」

「はい」

「よく知りもしない人間の言葉をそのまま素直に信じるな。必要だと言われたからって、いちいち喜んだりするな」

「は、はい」

「それから誰にでも気安く笑顔を向けるな。これから先は、むしろ感情を読まれないよう、無表情で過ごすんだ」

「……あなたの前でも？」

「俺の前でも、と言いたいところだが……無理にしなくてもいい。ただし笑っていいのは、二人きりのときだけだ」

「わかりました」

「それから、寝た相手に礼なんか言うな。相手もおまえの身体を楽しんだんだから」

「では、あなたは満足してくれたんですね。……よかった」

胸に手をあて、希来が息をつく。

「よかった？」

「ぼく一人だけが満たされていたのだとしたならば、申しわけなくて」

クロードは思わず舌打ちしたい衝動に駆られた。

「バカか。おまえが気持ちよかったのならそれでいいじゃないか。相手のことなど気にするな」

「ですが、伴侶にしてくださらなかったので……ぼくでは物足りなかったのかと」

「伴侶？」

「首筋に……痕をつけてくださらなかったので」

「……つがいにされたかったのか」

驚いたように問いかけると、希来のほうが意外そうな顔で尋ねてくる。

「……そのおつもりではなかったのですか？」

クロードは視線を落とした。この男は、そのつもりだったのか。

「その件については、いずれ話す。早くここを出よう。これから先は俺に従うんだ。いいな」

彼を馬に座らせ、後ろから抱きよせるようにして馬にまたがる。すると、ふっと甘狂おしい香りが鼻腔に溶けてきた。

（まただ、またこの匂い。これが発情期のオメガの匂いというものか）

嗅いだだけでたちまち劣情を煽られ、性衝動が抑えきれなくなってしまうという香り。発情期のオメガのそばに行くとたまらなくなるとは聞いていたが、確かにその通りだ。

「本当に外の世界に出るんですね。一生、出てはいけないと言われていたのに」

「ああ、これから先、おまえは外の世界で生きていくんだ」

修道院の外に出てふりあおぐと、夜明け前の、濃密なまでの蒼穹が果てしなく広がっていた。

午前中の間にどのくらい移動できるかによって、その先の予定を決めようと考えていた。

希来はこれまで一度も外の世界に出たことがない。長時間の移動にどこまで耐えられるか。

「ではじっとしてろ。少し馬を飛ばす」

「はい」

本当に素直だ。こんなにすべてを委ねてくるとは、夢にも思わなかった。

オメガとして修道院に閉じこめられてきたとはいえ、皇帝の息子だ。それなのに、誇り高さも高慢さもない。ただただ無垢で、なにもわかっていない素直さ。

(宮廷で育っていたとしたらどうなっていただろう。こんな清らかで、無垢な男には育たなかったのだけはわかるが)

十八年前、フランス貴族出身だったクロードの母親は、東洋からやってきたこの男の母親の女官頭をしていた。

その母が亡くなったとき、遺品からこの修道院の名を記したメモが出てきた。宝石箱の底の下に厳重に隠され、暗号で記されていたことに疑問を感じ、調べたところ、かつてクロードの実家が領地としていた土地の最果てにオメガの捨て場のような修道院があることを知った。

そのときは、なぜ母がそのようなものをわざわざ隠し持っていたのかわからなかった。だが、今回、パーヴェルから『オメガとして生まれたために、死んだことにした皇子』をさがして欲しいという依頼の話を耳にしたとき、すぐにハッとした。母の持っていたメモに記された修道院。皇子はそこに幽閉されたのだ、と。だからドミトリーに捜索に当たらせた。案の定、そこに希来がいた。

本来なら、自分が守るはずだった皇子。しかしもうそれはない。

『生まれてくる子が男の子だったら、クロード、あなたが近衛隊長になって守ってね。聖ミハイルのように彼の守護をして』

皇妃とかわした幼い日の約束。それを果たすことはもうない。近衛隊長として守るのではなく、希来を利用することを考えている。

この先、きっとこの男の発情を抑えるため、再びこの腕に抱くことはあるだろう。しかしクロードが彼をつがいにすることはない。

『ぼくでは物足りなかったのかと』

そういう問題ではない。

(この男は……パーヴェルのつがいになるのだから)

アルファとはいえ、ただの上位貴族出身の自分と彼が伴侶になったのでは、帝国の莫大な財産は彼のものにはならない。

今、スイス銀行に預けた莫大な財産を管理しているのは皇太后である。

しかし彼女は、素行の悪い又甥——甥の子供たちにすんなりと財産を譲りたくはないものの、彼女も高齢になり、そろそろ後継者を決めなければならない。

そうでなければ、莫大な財産を巡り、亡命してきた又甥たち三人の間で血みどろの争いがくりひろげられるだろう。それを懸念したのか、この春、彼女は突然、これまで死んだとされていた孫の存在を明らかにした。

『私には、もう一人、孫がいます。キリルという名の皇子です。東洋から嫁いできた母親が希来と呼んでいましたが、オメガゆえに死んだことにして、正教会にあずけてしまったのです。数奇な運命の孫。もし、彼が生きているのなら、彼の子に全財産を譲ります』

帝国の法律では、オメガの皇子に皇位継承権は与えられていない。

アルファの性を持った皇族の誰かと結婚し、アルファの子供を産んだとき、その子に皇位や財産が譲られるという決まりになっている。

そうでなければ、オメガの首筋に痕をつけて、つがいとなって、帝国を好き勝手に操ろうとするようなアルファが現れる可能性があるからだ。

『次の皇太后の誕生日までに、そのオメガの皇子をさがしだし、皇太后に孫として認めてもらわなければならない』

クロードは、皇族の一人——パーヴェルから呼び出され、財産の半分と交換条件に、オメガの皇子をさがしだして欲しいと依頼されたのだ。

そして今のパリでの情報網を駆使して、この皇子の行方をさがしだしたわけだが、彼を突きだしたところで、皇太后はすぐには孫だと認めないだろう。

たとえ本物だったとしても、今のままでは、誰に、どう利用されるかわからない。

帝国の莫大な財産を任せてもいいと思うような知性、礼儀作法等を身につけさせなければならないだろう。

目下のところの目標は、まずはこの国を無事に脱出すること、それから皇太后の誕生パーティの日までに、希来を教育することだ。

でなければパーヴェルは財産が得られない。

尤も、遊び人のあの男がどうなろうとクロード自身は本当のところはどうでもいい。

真の目的は、別にある。

『復讐ですか』と訊いてきたドミトリーの言葉が、ふっと耳の奥でよみがえる。

復讐という目的も含めて。ルーシ帝国への憎しみとともに。

そんなことを考えながら、クロードは馬腹を蹴り、ルーシの広大な原野を進んだ。皮膚の奥に残存する、情交のあとの気怠さをふり払うように。

晴れやかな蒼穹のもと、美しい大草原が地平線の果てまで広がっている。

「わあ、何て広い。それにとても綺麗ですね」

腕のなかにいた希来が驚いた顔で草原を見まわす。

「ああ。ルーシは、世界で一番面積の広い国だからな」

「ぼくの国がですか？」

信じられないと言った様子で希来があたりを見まわす。

「そうだ。世界で一番広い」

「すごいですね。ぼくはこんなにも大きく、こんなにも美しい国で生まれ育ったんですね」

確かに美しい。そう思った。

地平線まで広がっている大草原が明るい初夏の朝の光に包まれている。

靄（もや）が溶け始め、草も木も花もすべてがきらきらと煌めいている光景からクロードも目を離すことができなかった。

ゆったりと大草原を蛇行する河が太陽の光に照らされて金色の光を反射させながら、淡いベビーブルーの空に流れる雲を映し出している。

この皇子の救出という仕事をひきうけなかったら、この先の人生で、永遠に目にすることはなかったはずの故郷の大地だ。

「しっかりまぶたに刻んでおけ、これがおまえの故郷だ」

希来は飴色の目を大きく見ひらき、切なそうな、それでいてとても愛しそうな目で大草原を見渡した。

「これが……ぼくの……故郷……」

「そうだ、おそらくもう二度とこの地に足を踏み入れることはない。最後に見る故郷だ」

「最後って……どうして……ですか」

「いずれ説明する、今は急ごう。革命軍に見つかると、おまえも俺も殺される。あの修道院も見おさめだ、しっかり記憶しておくといい」

ふりかえると、今、二人がいた修道院がなだらかな丘陵地の果てに見えた。純白の壁が暁の淡い薔薇色に染まっている。

そのむこうには延々と続くまっすぐに伸びた針葉樹林の森。それから群れだって飛び立っていく白鳥たち。

この美しい大地をもう一度見ることが叶うだろうか。

この国にいたときには、こんなにも意識して故郷の姿を見たことはなかった。

それだけではない。芸術作品や景色といったものを美しいと思ったり、愛(いと)しく思ったことなど一度もなかった。

人間に対してもそうだ。

クロードは目を細めて腕のなかの男を見つめた。

半分東洋系の入ったおとなしい雰囲気の風貌をしているが、よく見れば、目元やあごのラインが皇太后に似ていなくもない。

オメガでさえなければ、第一皇子、つまり皇太子となる運命だった。

しかし、皇太子として育てられていたとすれば、革命時に両親とともに処刑されていた。

あるいは、彼が皇太子であったなら国家の運命は変わっていて、革命が起こらなかったかもしれないが。

オメガとして幽閉されて生きていくのか、それとも皇太子として処刑されるのか。

どちらがいいのかわからないが、いずれにしろ命があるという、それだけでもマシだったのではないかと思う。

この先、どう自分の未来を築いていくかは彼次第だからだ。ただ、オメガである以上、その将来の可能性はごく限られたものでしかないが。

「さあ、行くぞ」

馬の手綱を引きよせようとするクロードの腕を、希来が止める。

「待って」

「どうした」

「この国にサヨナラのキスを」

「キスだと?」

クロードは眉を寄せた。

「大地に、故郷の大地にサヨナラのキスがしたいんです」

「どうして……そんなことを」

「いけませんか？」

「別に……いけなくはないが」

「ありがとうございます」

希来はそう言うと、ひょいと馬から飛び降りた。しかし彼が考えていたよりも高かったのだろう。そのときに、うまく着地できず、「う……」と顔をしかめてペタッと胸から落ちてしまった。

「なにをしている」

「あ……いえ、すみません、馬って……けっこう高いんですね」

「あたりまえだ。怪我はないか」

クロードは馬から降りて希来の手をとって立ちあがらせた。

「大丈夫です、ありがとうございます」

「早く挨拶しろ」

「え、ええ」

希来はうなずくと、目を閉じて、両手を広げて大きく息を吸いこんだ。

草原を吹きぬける風に彼の飴色の髪がさらさらとなびき、黒い修道服の胸で揺れる十字架が太陽の光を反射して光っている。

やがて彼は大地に跪（ひざまず）くと、草むらをかき分けて愛しいものを撫でるように土に触れ、そこに唇を近づけていった。金色の朝陽が降りそそぐなか、彼の眸から一条の涙が流れ、朝露のように雑草へと落ちていく。

その様子をクロードは数メートル離れた場所からじっと見つめていた。

「……」

聖句だろうか。ひとしきり大地に向かってなにか呟いたあと、もう一度そこにキスし、胸の十字架にもキスをして彼は立ちあがった。

「ありがとうございます」

ふわっとクロードにほほえみかけてくる。この世の生き物ではないような透明感と神聖さ。

その様子は聖職者というだけではなく、彼自身が聖なる存在ではないかと思えるような、息を呑むほどの神々しい美しさだった。

「気が済んだのか」

「はい」

「では出発するぞ。まだ半日はかかる」

手を伸ばす。しかし、希来は「っ……」と顔を歪めてその場に倒れこみそうになった。とっさにクロードは腕を伸ばして抱き起こした。

「どうした」

「足……さっき、木の枝で怪我をしたみたいで」

「どうしてすぐに言わない。見せてみろ」

クロードは大地にひざをつき、彼の足首の状態を確かめた。木の枝かなにかが刺さったのか、右足のふくらはぎのあたりに二十センチほどの傷があり、そこから血が流れでている。

「止血しないと。いや、その前に消毒を。木の枝か……厄介だな」

「あ、では、布で止血します」

「待て、傷が深い。もう少し進んだところに猟師小屋と井戸があったはずだ。そこに行ってまずは傷を洗って、手当てを」

彼を抱きあげ、馬に座らせたあと、クロードは馬に乗った。

「たいした怪我ではありません。急いでいるのなら、先に進んで……」

「バカか。深い傷じゃないか。このままだと化膿する。それに止血しないと」

どくどくと血が流れている。変わった男だ、こんな怪我をしていながら、大地にキスをしていたなんて信じられない。

草原を抜け、白樺の森林地帯へと入っていく。修道院にむかう途中、猟師小屋があるのを確認している。冬場しか使われていないのも確認済みだった。

小屋の脇にある井戸の前で馬から下りると、クロードは水を汲みあげた。期待通りの綺麗な水だった。井戸のへりに座らせ、水で彼の足を洗う。傷口に木の破片や泥がついている。

「……っ……」

「痛いか？」

「え、ええ、少し……いえ、かなり」

肩をピクッとさせ、希来が苦笑いする。

「我慢しろ」

「時間……大丈夫ですか？」

「ああ。夕方まではここで過ごそう。どうせこの季節は夜遅くまで明るい。真昼、太陽が強い時間帯には休憩したほうが体力を消耗しなくていいだろう」

「でもそれでは……間に合わないのでは」

「大丈夫だ、馬を飛ばせば」

「すみません、ご迷惑をおかけして」

「謝らなくていい。その代わりもう二度とバカなことはさせない。いいな」

「バカなこと？」

「故郷の大地に、別れのキスなんか」

「ああ、あれですか、すみませんでした」

「気持ちはわからないでもないが、感傷に耽る余裕はない」

「あ、でも……すみません、結局、別れは告げませんでした」

「では、なにをしていたんだ」

問いかけると、希来はじっとクロードを見つめた。

「感謝……していたんです」

「感謝？」

「この世に生まれてきて、この美しい大地を見られたことに。そしてあなたに出会えたことに」

「怪我をしているのに、そんなことをして……バカか、おまえは」

呆れたように吐き捨てたあと、クロードは彼を抱きあげて猟師小屋に入った。毛皮の敷物に座らせ、ウォッカのボトルを開けて足を消毒する。

猟師小屋といっても、越冬ができるようにと考えられているのか、暖炉、ベッドの他に、簡単な生活必需品もある。

「この棚に救急道具がある。手当てしよう」

このあたりには、クマや狼が出るのだろう。傷用の薬や化膿止めの薬草が置かれていた。クロードは彼に薬を塗りこんだ。

「器用なんですね」

「ひととおりのことはできる、軍にいたときに学んだ」

「軍？　軍人だったのですか？」

「ああ。もう何年も前のことだが」

「だから……かもしれませんね」

「だから？」

「あ、いえ、実際にこれまで会ったことはなくて、先輩の修道士から聞いた話なのですが、そのひとの結ばれた相手が軍人だったらしくて……」

希来はクロードを見ながらなつかしむように言った。

「とても綺麗な顔をしていて、背が高くて、姿勢がよくて……話し方は威圧的で、態度は尊大で、その人に命令されると、怖くなって、ちゃんと従わないといと、身が引き締まるような気持ちになったとおっしゃっていました」

だとすれば、そのオメガの相手はかなりの高位の将校だったのだろう。

「先輩は、そのひとの子供を産んだあとに伴侶としての契約を解消され、しばらく娼館で働いていたみたいです。その後、年をとって、修道院にくることになったそうですが」

伴侶としての契約。つまり男女の婚姻のようなものだが、それは、アルファから一方的に解消することができる。

契約をするとき、自分のものという証拠として、アルファはオメガの首筋に噛み傷を残す。それ以降、オメガの発情フェロモンは伴侶以外を欲情させることはなくなるという。

そしてその代わり、オメガはその相手の子供を作るような体質に変化していくらしい。

だが、その噛み傷をもう一度噛めば、契約はそこで終わり。

オメガは再び他のアルファを呼びよせてしまうフェロモンを漂わせるようになるとか。

そして一度、特定のアルファのつがいになったオメガは、二度と他のアルファのつがいになることはない。

オメガは、一生に一度、たった一人の相手だけをつがいとする生き物なのだ。

それゆえ、契約を解消されてしまうと、オメガは、月に一度、激しく発情し、セックスを求めるだけの、淫靡な生き物となってしまう。

そうしたオメガは、身体が発情しなくなるまで、つまり老年に達するまでは、誰かの愛人になるか、娼館に行くか、そのどちらかしか生きるすべはない。繁殖のためではなく、発情する肉体を持った、より心地よい快楽を与えられる存在としてアルファに性的に奉仕するしかないのだ。

「あなたとその軍人のイメージが重なったので……その話をふと思いだしました」

「悪かったな、尊大で」

「いえ、あなたは、ちっとも怖くないですよ。それどころか、とても優しくて、素敵なひとです」

真顔で言われ、クロードは視線をずらした。

「飯にしよう。待っていろ、支度する」

希来は、完全にかんちがいしている。

仕事として彼の相手をしているに過ぎない。それに、特別、親切にしているわけでも優しくしているわけでもない。必要だと思う最低限のことをしているだけだ。

（だが……彼にはそれでも優しく感じられるのだろう）

これまで外の世界との関わりがなく、おそらく誰からも必要とされず、ただ生きているだけの存在でしかなかった彼にとって。

クロードは小屋の暖炉に火をつけると、荷物のなかからパンとチーズと干し肉を取りだして、少し柔らかさが出るように焼き始めた。

「すごくいい匂い。お腹がすいてきました」

チーズと干し肉の香ばしい香りが小屋に充満していく。それから水を沸かして、紅茶も淹れた。

「食え」

紅茶を入れたカップを渡したあと、焼いた黒パンにチーズと干し肉を挟み、クロードはスッと希来にさしだした。

「あなたは？」

「俺の分はこれから焼く。先におまえが」

「ありがとうございます」

笑顔でパンと紅茶を受けとると、彼は祈りを捧げたあと、パンを噛みしめた。そして驚いたような顔をして、まっすぐクロードを見つめた。

「これ……パンですよね？」

「そうだ」

「おいしいです。こんなにおいしいパンを食べたのは初めてです」

「嫌味か？　こんな食事に」

「だって、本当においしいから」

「……これまで修道院では、どんな食事をしていたんだ」

「修道院では、野菜のスープとソバ粥が中心でした。パンは、ここ数年、食べていません」

「肉やチーズは？」

「昨年末までは、山羊と鶏を飼っていたので、ミルクや卵を補給することはできましたよ」

「修道院には、なにもいなかったようだが」

「山羊は年をとって亡くなって。鶏も。なので、この一年は、野菜とソバ粥だけで」

「では、山羊と鶏がいなくなってから殆ど野菜だけで暮らしていたのか？」

「え、ええ」

「だからそんなに細いのか。きちんと食べていたのか？」

「はい。野菜や果物は自分で育てることができたので」

「外の世界のものはなにも手に入らなかったのか？」

「何年か前までは、一年に一度、修道院長がどこかに出かけて、七面鳥のローストやサーモンのソテーを食べさせてくれました」

革命が起きる前のことだろう。彼を幽閉させる代わりに、皇帝は修道院に援助していたはずだ。

「今は？」

「ぼくだけになってからは、外の世界に知りあいもいませんから」

だから衣服もボロボロで、見れば、靴も自分で彫ったような、いびつな形の木靴を履いている。そんな靴を履いているから、馬から下りるときに失敗するのだ。

「……淋しくはなかったのか」

「……っ」

希来はうつむき、紅茶のカップを両手で摑んで香りを味わうようにして飲んだあと、顔を上げて淡く微笑した。

「もう淋しくありません、あなたがきてくれたから」

「……」

「必要だなんて、初めて言われました。求めていると言われて嬉しかった。それに……発情の苦しみから助けてくれました。そのあとも抱きしめてくれて、こんなふうに外の世界に連れてきてくれて……この世界がとても美しくて、広いことを教えてくれました。今、とても幸せです」

「幸せなんて……そのくらいで、たやすく口にするな」

クロードは忌々しい気持ちになった。

「どうして……本当のことなのに」

「人につけこまれる。御しやすい愚か者だと思われ、利用されるのがオチだ」

そう、俺のような、とは、つけなかった。

「あなたが……いいひとで良かった」

「俺が？」

「ええ。あなた以外のひとは警戒するようにします」

「俺は警戒しないのか」

「従えと言ったじゃないですか」

「優しさから言ったわけではない」

こんなにも無垢でまっすぐなままだと、パリで悲惨な目にあうだろう。利用され、傷つけられるのが目に見えている。そうならないよう、つい余計なことを口にしてしまうだけだ。連れだした責任がある。彼が不幸になるのに加担したくない。ただそれだけだ。

「大丈夫ですよ、謙遜しなくても。あなたはとっても優しいです」

クロードは視線を背けた。

「嫌味にしか聞こえん」

「本心です」

まっすぐ自分を見る曇りのない目。視線を背けていても肌に感じて居心地が悪い。

「そんなに孤独だったのか、修道院では……」

「いえ、孤独とか淋しいとか……そういう感情はあまりなくて」

「性的な誘惑は？」

「全員オメガでしたから特には。それに……ぼく以外の修道士は、繁殖適齢期を終えていたので、発情する恐れはなくて」

老オメガが集まった修道院だったので、安全だったというわけか。

「……で、足はどうなんだ」

「血は止まったみたいです。痛みもなくなってきました」

「見せてみろ」

細くて真っ白な足首の、少し出っ張ったくるぶしを見ていると、ふとそこを囓ってみたい衝動がこみあげてきた。

「あ……っ」

思わず彼のくるぶしに唇を近づけていた。なめらかな肌だ。皮膚がとても甘い気がするのはどうしてだろう。無条件で惹きつけられてしまう。彼のなにもかも。

「あの……っ」

困惑する表情を見つめながら、くるぶしに唇を這わせ、足の甲を舌先で舐めると、希来の身体がピクリと震える。

「あう……っ」

甘い匂いがしてきた。たまらなく煽情(せんじょう)的な、狂おしい匂い。彼が発情してきたらしい。

「欲しいのか」

かぷりと足の指に噛みつくと、希来が唇を震わせる。

「っ……ええ……」

おずおずとうなずきながら、恥ずかしそうにほおを赤らめているのが愛らしい。

「感じてしまうのか、こんなことくらいで」

そう言いながら、同時に心のなかで己に問いかける。

欲情してしまうのか、こんなことくらいで——という自嘲の言葉を。

「……あ……っ」

指の間に舌を這わせると、希来は左右に首を振ってぷるぷると全身を痙攣させる。

そんな些細な反応に、またクロードの劣情は煽られてしまう。

オメガの性フェロモンなど、誘惑されるものかと思っていたのに。これが世間でいう「抗えない」ということなのか。

この異様なまでの、濃い衝動は何なのか。だから意識まで攪乱されてしまうのか。

オメガのフェロモンに脳まで侵されてしまったせいか。きっと彼が発情を終えたら、元にもどれるはずだ。いつもの冷静で、計算高く、氷のような心の自分に。

そう言い聞かせながら、クロードは希来をさらに抱きよせていた。


「あ……っ」

窓から漏れる外の光を浴びながら、クロードにまたがって希来が大きく身をしならせている。

「ああ……っ」

くちづけを交わすと、熱帯地方の果実でも食べたような、官能と潤いに満ちた濃密な甘い味が口内に広がるような気がする。

熱く甘美な感覚に囚われながら舌をもつれあわせ、クロードは自分を締めつける希来の内部の熱に溺れそうになっていた。

向かいあうように抱きあって、たがいに身体をつなぎ合わせた状態でキスをくり返す。

「ああ……あ……っ」

揺さぶるたび、擦られる感覚がたまらないのか、希来が甘い声をあげる。

それと同時に、とろとろとした温かな雫が希来の性器の先端から流れ落ち、クロードの腿を濡らしていく。

聖人のように清らかな心と、この娼婦のように淫らなオメガとしての肉体。そのアンバランスさにさらに欲情してしまう。

クロードは希来の腰をつかんで身体を浮きあがらせては何度も下から突きあげた。

「……あぁ……ああっ……っ」

摩擦を加えると、希来が恍惚とした表情で息を吐く。しっとりと汗ばみ、桃色に染まった希来の皮膚からは、さらに濃密な薫香が誘うようにあふれる。

熟れた果実と盛りの花を混ぜ合わせ、蜜で溶かしたような甘ったるく蠱惑的なその馨香をたっぷりと味わいながら、希来の内部を己の猛りで満たしていく。

「……はあっ……ああっ」

狂おしそうな吐息がクロードの髪を撫でる。

乱れながら大きく音を立てる鼓動。それと同じくらい、どくどくと大きく脈動する粘膜が熱くクロードのオスになやましく絡みついてくる。

「あ……ああ……っ……」

昨日よりも熟れたそこは、妖しい収縮をくり返しながら今にも蕩けそうな爛熟した熱でこちらを締めつけてくる。こちらのすべてを喰らいつくそうとする激しさで。

「は……ああ……っ」

ひと突きごとに、彼の声も淫靡になっていくのが心地いい。その声に誘われるように、クロードの猛りもいっそう固くなって彼の内部を圧迫している。

「ん………っ……」

恐ろしいほど甘美な快楽を与えてくれるオメガ――希来の、痺れるような熱さにクロードは酔いしれたようにその身を貪り続けた。


「行こう。もうすぐ白夜の季節でよかった。明るい時間帯が長いおかげで今夜には着きそうだ」

夕刻には希来の怪我の出血は止まり、痛みもかなりひいているようだった。彼の身に負担をかけないように気をつけながら原野を馬で進んでいく。

「……っ」

だが、希来は朝と違ってとても虚ろな表情をしていた。少し淋しそうな、不安そうな眼差しで、うつむいている。壊しそうなほど貪ってしまったせいか、それとも本当はまだ足が痛むのか、心配になり、クロードは少し馬の速度をゆるめて彼に問いかけた。

「痛むのか」

「あ、いえ……」

「いえ、そうではなく……あの……どうしてぼくをあなたの……あ、いえ、何でもありません」

どうしてつがいにしないのか、そう尋ねたいのがわかったが、あえて返事はしなかった。

今、この先のことを説明しているだけの余裕はなかったし、とにかく日暮れまでにドミトリーとの待ち合わせの場所に到着しなければならなかった。

「何でもないなら、もうなにも言うな」

「はい、すみません」

「疲れたなら眠っていればいい。おまえ一人くらい、抱いたまま移動できる」

「……はい、ありがとうございます」

希来は目を瞑り、クロードの胸に頭をあずけてきた。

その肩を抱きよせると、クロードは馬腹を強く蹴り、勢いよく馬を飛ばした。

そうして、どのくらい飛ばし続けたのか。

夜がきて、上空に月が出始めたころ、ドミトリーと落ち合う予定の森の入り口に到着した。

この森のなかにある道は地元の人間が林業のために、隣国と行き来をしているのもあり、逃亡するルートには最適だった。

「おつかれさまでした。いかがでしたか？」

森の外れの一軒家に行き、希来を隣室に着替えにやらせる。

「本物の皇子だ」

「なにか皇子としての証拠でも見つかりましたか？」

「おまえが捜索したのだ、確かだろう。それに東洋系の血が流れている顔をしている」

顔立ち以外に証拠らしい証拠はなかったが、彼のこれまでの境遇を考えると疑いようがない。

「そうですが」

「実際のところ、彼が本物かどうかなどどっちでもいい。本物に見えるような容姿をしたオメガで、皇太后が本物とさえ認めれば、俺の目的は終了する」

「確かに、その通りです」

クロードの言葉にドミトリーが苦笑する。

すると隣の部屋に着替えにむかっていた希来がもどってきた。こちらが用意した平服に着替えようとせず、古びたルーシ正教の修道士の服のままだった。

「あの……やはりこれはお返しします」

「どうして着替えない」

「必要がないからです。ぼくは修道士ですので、それ以外の衣服を身につける気はありません」

「国境に検問がいたときは怪しまれる。オメガの修道士など」

「どうして怪しまれるのですか」

今、この国の宗教は廃止の方向に動いている。国境はどうしても人目に触れる。修道士の服では目立ってしまう。だから着替えろと説明する時間はない。

「約束しただろう、俺に従うと。国境を越えたら自由にしていいから」

「でも」

「全員の命が危険に晒されるのだ。だから命令に従え」

クロードは強い口調で言った。

「はい、わかりました」

希来は衣服を手にして、隣の部屋へと行った。

「では、すぐに出発の準備を」

クロードが部下に言うと、彼はスッと息を吸いこんだ。

「……この匂い、甘い香りがしますが」

「ああ」

「彼は発情の時期を迎えているのですね」

「そうだ」

その返事だけで、この聡い部下には、クロードが彼を抱いたことがわかったのだろう。

「いい香りですね。夢のような。これがオメガの匂いですか」

大きく息を吸い、ドミトリーはフッと目を細めた。

「おまえも……惹かれるのか」

「あ、いえ……私はベータですので」

ベータ。革命を起こした者たち。ルーシ帝国のあとに、新しくできた社会主義連邦という国家で、万民が平等に暮らせるようにと共産主義を主張している。

だが、ベータのなかにはこの部下のようにこれまで通り、アルファであるクロードの元に仕えているものも多い。

「それにしても、たった一日でずいぶんきちんと躾けられましたね」

「躾？」

「ええ、クロードさまの命令に、完全服従といった感じではないですか」

「くわしく説明している時間の余裕はない。国境を越えるまでは、俺に従わせることにしただけだ」

「クロードさまらしいというか……オメガとはいえ、本来ならあちらが主君に当たるのに……尊大なお振る舞いをされて」

「わかってる。彼に状況を説明したあと、態度を改めるつもりだ。そのあとは、皇太后の前に出しても大丈夫なように、数カ月かけて教育する」

「……彼は、ご自分が皇子だとわかっているのですか」

「いや」

「なにも知らないのですか」

「ああ」

「では、根底から教育しないといけないわけですか」

「そうだな」

厄介だな、と思った。

彼はまだ自分が何のために必要とされているのか、どんな理由で、どんな目的のため、ここにきているのかよくわかっていない。

必要だと言うクロードの言葉に導かれているだけ。

国境を超えたあと、彼にどう説明していくか。今になって、そのことが面倒に思えてきた。この男に様々なことを説明し、皇子にふさわしい礼儀作法や教育を施したとしても、最終的にあの浪費家で、傲慢で、どうしようもないパーヴェルとつがわせるのかと思うと、だんだんこの仕事が嫌になってきた。

そんな己のなかの感情の正体がわからないまま、クロードは憂鬱なため息をついた。

3　オメガの初恋

『おまえを必要とする者だ』

希来が一人で暮らしていた修道院にクロードという男性が現れたのは、一昨日の夜だった。

美しい彫像のような彼が目の前に現れたとき、希来の人生は大きく変わった。

彼と出会ってから荒々しい感情が希来の胸のなかで渦巻いている。

これは何なのだろう。狂おしい熱のような、濃密な甘さと胸を締めつけるような切なさが全身を支配して、息をするのも苦しいような感覚に包まれてしまう。

けれどそれは同時に、とても幸せなことに思えた。

生まれて初めて、「生きていてよかった、この世に存在してよかった」と感じたのだから。

『おまえをパリに連れていく』

彼のその言葉に導かれ、こんなところまで来てしまった。

(これまで修道院から一歩も外に出たことがなかったのに)

希来は緊張しながら、車の窓から国境で検問を待つ車の列をじっと見つめていた。

『おまえはなにを聞かれても答えるな、耳が聞こえないふりをしろ』

クロードからそう言われたので、物音に反応しないよう、静かに座っている。

「通行証を見せろ」

国境の検問所で銃をたずさえた兵士に命令される。

後部座席で希来が縮こまっていると、運転席に座ったドミトリーが三人分の旅券をとりだした。彼の隣——助手席にはクロードが座っている。

「親戚の結婚式に参加するのか」

ちらりと兵士が車内を覗く。

「ああ、明後日にはもどってくる」

「わかった。行け」

そう言われると、ドミトリーは車のスピードを上げた。何とか検問所を抜けたらしい。

その後、車は木々に囲まれた暗い道を延々と進み、途中の駅で食事をしたあと、汽車に乗り換えることになった。

「クロードさまたちは、こちらの個室をご利用ください。私は隣の四人用のコンパートメントにおりますので」

ドミトリーが荷物を運びこみ、クロードとともに希来は生まれて始めて列車に乗った。

老修道士たちからどのようなものなのか、話には聞いていたが、見るのも初めてだった。

実際に乗ってみると、列車のなかは個室のようになっていて不思議な気がした。

ベッドになるふかふかの椅子やテーブルもあり、壁やカーテンはものすごく優雅だった。この電車でまずウィーンに行くらしい。その後、オリエント急行という別の列車に乗って、最終目的地のパリへ。五日ほどかかるらしい。

「おまえの疑問については……旅の間にくわしく説明していくつもりだ」

「ぼくの疑問？」

「……どうしておまえを迎えに行ったのか、どうしてパリに連れて行こうとしているのか、そしてどうしてつがいにしないのか……」

列車に乗ると、クロードはグラスにワインをそそぎ、希来に渡してくれた。

「いえ、お酒はけっこうです。あの……それで、今からお話してくださるのですか？」

「いや、今日は大移動をして疲れただろう。明日、改めて。今夜はもう寝ろ。そっちがおまえのベッド、こちらが俺のベッドだ」

「はい……あの」

もし発情が始まったら――という言葉を吞み、うつむくと、クロードがポンと肩を叩いた。

「発情したときは、遠慮なく俺のベッドにこい。そのため、同室にしたんだ」

「ありがとうございます」

「言っただろう、簡単に礼を言うな」

やれやれと呆れたようにクロードが苦笑する。

「すみません」

「すみませんも必要ない。すぐに謝るな、悪いこともしていないのに。ところで怪我は？」

「もう痛くはありません」

「傷は開いてないか?」

「はい」

「わかった。じゃあ、今夜はゆっくり寝ろ」

「はい、おやすみなさい」

希来は寝巻き姿になってベッドに横になった。

カタンカタン、カタン……と心地よい音を立てて揺れる列車。

修道院のベッドよりもずっとふかふかとしている。毛布もあたたかい。とても疲れていたので、そのまま眠りに落ちそうな気がしたが、急な環境の変化に緊張しているせいなのか、奇妙なほど目が冴えてなかなか眠ることができなかった。

振動に身をゆだねながら、希来はぼんやりと隣のベッドで眠るクロードの背を見つめていた。

「……」

しばらくしてクロードが寝返りをうつ。毛布をかぶり直し、うっすらと目を開ける。視線が合い、クロードは半身を起こした。

「どうした……眠れないのか」

ベッドサイドに近づき、クロードが毛布に手を近づけてくる。

「え、あ……いえ」

「発情は?」

「今夜は……大丈夫です。もう今月は終わった気がします」

「そうか。なら、安心だな」

そう言うと、クロードは希来の肩に毛布をかけ直し、自分のベッドにもどった。

「眠れないなら、目を瞑って羊の数でも数えてろ」

「え……」

「そのうち眠くなる」

「はい、わかりました」

彼の話し方は尊大だ。けれど先輩修道士から聞いていた軍人の印象とはずいぶん違うと思った。怖くはない。冷たくも感じない。むしろこの人はとても優しい。こちらのことをものすごく気遣ってくれている。

必要だ、迎えにきたと言ってくれた人間も初めてだが、叱ったり、注意したりしてくれるひとも初めてで、それが希来にはとても嬉しかった。

利用されるから簡単に笑うな。誰にでも素直に思ったことを言うな。すぐに礼を言うな。悪いこともしていないのに謝るな。

どれもこれもその言葉のむこうに優しさが感じられ、胸の奥があたたかくなる。

だから余計に好きになってしまって、このひとのそばにいられることに希来はとてつもない幸せを感じるのだ。

一昨日、ひとりで暮らしていた修道院に、突然このひとが現れたとき、希来は神の奇跡が起きたと思った。

発情のあまり、もう生きていけないと思っていたのに。もう死ぬしかないと思っていたのに。

オメガという性に生まれたものの宿命――月に一度の発情期。

それを抑えるため、発情を感じたときは、抑制剤を飲むようにと先輩修道士から教わった。

『――希来、この薬草を飲み続けなさい。発情を抑制する薬だから』

一年ほど前、身体に発情期の印が出始めた。

そのときに先輩の修道士からそう言われ、渡されたのは薬草を使って作る抑制剤。自給自足できるのでありがたかった。

『もしこれを飲んでも発情を抑制できなくなってしまったときは、こちらの薬を飲みなさい。おまえはここから出られない運命。この先、アルファとつがいになることは永遠にないのだから、最悪のときはこれを。でなければ、もがき苦しみ、悶え死にしてしまいます』

渡されたのは、白い錠剤だった。今もそれは十字架のなかにしまってある。

（本当に……これを飲むしかないと思ったとき……クロードさんが現れた）

世界から忘れられたように、だだっ広い大草原の果てにポツリと建ったルーシ正教の修道院。オメガという性の男性ばかりが集められた修道院だった。

希来は物心ついたときにはもうそこで暮らしていた。

普通は、オメガ以外の男性は、妊娠しない。

しかしオメガという性に生まれた者は、男女関係なく、一カ月に数日、身体が性的衝動に支配されてしまうようになる。

その数日間は、激しい性衝動に身体が支配されてしまうらしく、まともな仕事にもつけないということで、世間では一番地位の低い性と差別され、ひどいところでは迫害を受けることもあるという話を耳にした。

希来の生まれたルーシ帝国では、最上級にいるアルファという因子を持った者がいわゆる皇族・貴族・軍の幹部となる。

そして圧倒的に多いベータという因子を持った者が彼らに仕える使用人、軍隊の兵卒、農民、商人や職人たちの仕事となっていた。

そしてアルファのなかに、時折、突然変異のようにオメガが生まれるらしい。

そうしたオメガたちは発情期を迎えるまで、東方ルーシ正教の修道院で、修道士見習いとして生活し、発情期の間だけ王侯貴族の愛人となって子供を産む道具とされたあと、再び、修道院に送りこまれ、残った余生を過ごすこととなる。

血統書付きの繁殖犬のようだと影でささやかれていたらしい。

そのなかで、希来はとりわけ特殊だった。

血筋に問題があるため、子を産んではいけないと言われていた。絶対に外に出してはいけないと修道院長に厳しい命令が下っていたのだ。

『どうして……ぼくは誰の伴侶にもなれないのですか』

一度、希来は修道院長に尋ねたことがあった。すると院長は冷たい口調で答えた。

『外に出たら、おまえは世界に災いをもたらす罪深い存在となるでしょう。おまえは悪魔の所業によって生まれてきたオメガなのです。無断でここから出たときは、処刑されます。おまえは一歩も外に出られないのです』

『なぜ……ぼくだけが』

『生まれてきてはいけない存在だったのです。生きているだけで悪なのです。おまえの存在を喜ぶ者はいません。必要とする者も、迎えにくる者も。だから神に祈り、罪を贖って、いつか天国に行けるようにここでお勤めに励みなさい』

生まれてきたこと、存在自体が悪だと言うのなら、一体、なにを贖えばいいのか。

希来にはわからなかった。

しかし、いずれにしろ修道院を出たところで、一人で生きていくことはできない。右も左も、世界がどうなっているのか、どうやって生きていけばいいのかも教えられていなかったのだから。

そうして心を殺したようにして過ごすうちに年老いた修道士たちが次々と亡くなり、他者と接することはなくなった。日々、祈りながら暮らしていたが、発情抑制剤が効かなくなったそのときに自分の生涯は終わるものだと覚悟を決めていた。

そしてついに発情が抑えられなくなり、もう死ぬしかないと思ったときに、クロードが現れた。

『おまえを必要とする者だ』

そう言われ、どれほど驚いたことか。

必要としてくれる人間がこの世にいた、その事実に。

あの夜は、どうしようもないほどの衝動に、希来は激しく身悶えていた。

薬草をどれほど飲んでも身体が熱くなるのを止められない。水に浸かって、もしそれでも抑制できなかったら、あらかじめ渡されていた薬を飲んでこの身を消してしまうしかない。

ここで。このひとりぼっちの修道院で、誰からも看取られることなく。

次々と亡くなっていった年老いた修道士たち。

希来はずっと彼らの葬儀を行ってきた。ルーシ正教会では、徳のある修道士の遺体は腐敗しないと言われていたが、すべての先人たちにそのような奇跡は起きなかった。

おそらく自分もそうなのだろう。万が一、ここで亡くなってしまったら、誰に埋葬されることもなく、ただ土に還ることしかできないのだ。そう思うとてつもなく怖かった。

（怖い……このまま死ぬのが怖い）

神のもとに行くのに何を恐れることがあるのか。

奇跡が起きる可能性だってあるではないか。

そう己に言い聞かせながらも、他人のいない修道院で、ただ一人、死んでいくことに恐怖を感じない人間がいるだろうか。

もし今夜、この状態を乗り切ることができれば、この修道院の外に出てみよう。

一度でいい、外に。

そしてだだっ広い野原のなかで、花に囲まれ、青空を見ながら薬を飲もう。

だから神さま、もう一度だけ、抑制剤を効かせてください。

そんな祈りも虚しく発情した身体の熱が抑えきれない。やはり無理なのだ、もう自分はここで死ぬしかない。

そう覚悟したときだった。

『……っ』

突然、階段を下りてくる人影が見えた。見れば、すらりとした長身の男が戸口に立ち、半地下になった浴室の床に細長い影が刻まれていた。

『……』

しかし誰なのか確かめる余裕はなかった。

身体の発情が激しくて、どうしようもなかったのだ。

ひざ丈ほどの白い服をつけただけの格好。水で体熱を抑えようとしていたため、ほっそりとした腿のつけ根まで裾がまくれあがっているせいで、肌着もなにもつけていない性器のあたりがあらわになっているが、こんな状態ではどうすることもできない。

『……発情しているのか』

低い声が狭い地下牢に響いた。

深みの艶やかさの奥にまだ若々しさをにじませたような声だった。

しかも若い男性を見るのは生まれて初めてだった。

その人がアルファなのか、ベータなのか、あるいはオメガなのかもわからなかった。

ただその声を聞いたとたん、収まりかけていた熱が再びカッと燃えあがったようになり、さらなる発情の勢いが止まらなくなったのだ。

味わったことのない激しい性衝動に、たまらなくなっていた。とっさに我を忘れたように希来は彼にすがっていた。

『助けて――』――と。

心のなかではとてつもなく恥ずかしかった。自分が自分でいられないような状況に。

けれどそんな感情よりも、希来は身体の衝動をどうにかしたかった。

どうしたのか、この初対面の男に抱かれたくて抱かれたくてどうしようもなくなってしまったのだ。

『……苦し……助け……』

ほおは紅潮し、眸は完全に潤んでいた。クロードはその姿に少しだけ煽られたかのように浅く息を吸ったあと、希来の身体を抱きしめた。

『……っ』

大きな胸のなか、長い腕に包みこむように抱きしめられた瞬間、希来は発情とは別に、なにかが自分の身体のなかであたたかくなっていくのを覚えた。

それが何だったのか。

あのときはわからなかった。けれど今ならわかる。

人に抱きしめられる喜びを感じたからだ。生まれて初めて他人に抱きしめられ、こんなにも安心でき、こんなにも幸せなことなのだと初めて心の底で実感したから、胸のなかが幸せな気持ちであたたかくなったのだと思う。

心の奥のほうで、もうこのまま死んでもいいとさえ思ったのだ。

発情の苦しみを助けてくれなかったとしても、もっと別のことで自分を救ってくれたような気がしたから。

青空や花がなくても、この腕のなかで死ねたら幸せだ。そう思ったのだ。

「……っ」

あの夜のことを思いだしただけで、発情もしていないのに身体が熱くなりそうで怖くなった。

カタン、カタンカタン……。

列車の振動に身を任せ、希来は毛布をすっぽりとかぶって必死になって硬く目を瞑った。

（でも……彼は、この首を噛もうとしなかった）

問いかけると、困ったような顔をしていた。必要としていると言われたときは、てっきり自分を伴侶にして、子供を作って欲しいと望んでいるのかと思ったが、どうもそうではないらしい。

（あなたは……なにを望んでいるのですか？　ぼくはなにをすればいいのですか）

心のなかでクロードに問いかけているうちに、少しずつ、睡魔が襲ってきた。

カタン、カタンカタン、カタン……という揺れ。その振動をゆりかごのように感じながら、やがて希来は深い眠りの底に落ちていった。

そうしてどのくらい眠っていたのか。

「朝食だ、起きろ」

クロードの低い声が耳元に響き、希来はハッとして目を覚ました。すでにクロードは黒いスーツに身を包み、ベッドを椅子に戻してそこに座っていた。

「すみません……眠りこんでしまって」

「謝るな、よく眠れたのならそれでいい」

「はい」

顔を洗って用意をしているうちに、ドミトリーがきて、希来のベッドも片付けられ、テーブルの上に朝食の支度ができていた。

「ここで食べるのですか」

「ああ。さあ、食べろ」

「ありがとうございます、でもその前に……」

胸の前で十字を切り、希来は祈禱文を口にした。晩課、早課、一時課……という、深夜に行う分を、いつも朝にやるようにしている。

祈禱を終えると、クロードが不思議そうにたずねてきた。

「おまえを見ていて、ふと疑問に思ったが……祈りの時間は決まってないのか？」

「ふつうの修道院では決まっているみたいですね。でもうちはどことも交流のない修道院で、世間の時間の流れがよくわかっていなかったのもありますが、聖体の世界の時間の流れは、どのみち、人間社会とは違っているので、きちんと祈れば……という考えで祈っていました」

「それは合理的でいいな」

むかいの席に座り、オレンジジュースの入ったグラスをクロードが希来に手渡す。

「はい。では、改めていただきます」

バターをとり、パンに塗ると、クロードは希来に手渡してきた。まだあたたかい。かじると、ふわっとバターの香りが口内に広がり、思わずほほえみたくなるようなおいしさだった。

「おいしい……。柔らかくて、少し弾力があって、噛んでいるうちに甘くなるパンなんて初めて食べました」

「それなら良かった」

「本当においしいです。あなたが食べさせてくれるパンはどれも夢のようにおいしいです」

「その程度で喜ぶな。食堂車に行けばもっとごちそうがあるのに」

「食堂車？」

「食事をするための列車だ。隣の車両にある。発情が治まったのなら、昼は食堂車に行ってもいいが、どうだ？」

「多分……もう大丈夫です」

「そうか。では、次からは食堂車に行こう」

「あの……でも、もしまた発情したら……」

「そのときは俺に言え」

「はい」

いつも発情は数日ほど続く。その間、抑制剤を飲み続けていたが、今回はまだ二日しか経っていない。きっとしばらく続くだろう。妊娠したら発情期はなくなるらしいが、自分はまだクロードの相手にはなっていない。だから子供ができることはない。

「あの……ぼくを……伴侶にはしてくれないのですか」

パンとサラダを食べ終えると、希来は改まった表情で問いかけた。

「昨日の問いか」

「え、ええ、アルファがオメガを必要とするのは、伴侶にするとき、つまり子が欲しいときだけだと。だから……てっきりそうだと思っていたのですが……クロードさんは少し違うようなので」

「子が欲しいときだけ……か。そんなふうに教えこまれてきたのか」

「は、はい……そうならないと子供を作ることもできませんし、オメガはそれ以外にはこの世では必要とされない存在だと聞いています。そもそも発情はそのためのものですよね」

クロードは紅茶をカップに注ぎ、希来の前に置いた。ラズベリーの、ほのかな酸味の香りがする紅茶だった。

「安心しろ、つがいにはしない」

「安心……？」

安心って。どうしてそんな言い方をするのだろう。

やはり修道院で言われていたことが原因なのだろうか。自分は誰にも必要とされない。誰のつがいにもなれない。

生まれてきたこと自体が悪。悪魔の所業によって生まれてきたとしか思えない存在。外に出たら他人を不幸にしてしまう。呪わしい自分の生を贖うことしかできない。

そうした言葉の数々を思い出し、希来はうつむいた。

「聞きまちがいだったのですか」

「なにが？」

「ぼくが必要だとおっしゃったじゃないですか」

「言った」

「それならどうして……」

「おまえの相手は俺じゃない、おまえは別の人間のつがいになるんだ」

「え……」

「別の男、別のアルファの子を産むんだ」

別の男？　別のアルファ？　突然の言葉に希来は目を見はった。

「ではあなたは……」

「そのアルファから、おまえの行方をさがしだし、迎えに行くように頼まれただけだ」

「頼まれ……」

「そう。つがいにはしない。ただの応急処置の相手だ。おまえの発情を抑制するための。あのまま放置したら、おまえは死んでいただろう」

言葉の意味をどう受け止めていいか。頭が混乱して、希来は呆然としていた。

つがいにしない理由……。それは他のアルファの伴侶にするため。

「それなら、その依頼主が……どうして、直接、迎えにきてくれなかったんですか」

「危険だからだ。革命が起きたあと、アルファがルーシ連邦に足を踏み入れるのは危険だ。処刑されてしまう」

「それならあなたも同じじゃないですか、アルファなのに」

その言葉にクロードは返事をしなかった。そして紅茶を飲み干すと、じっと希来を見つめた。

「俺に従うと約束したな」

「ええ」

「勘違いさせたのは謝る。つがいにさせるためではないが、俺がおまえを必要としているのは事実だ。改めて頼む。俺の力になって欲しい」

「あなたの……力ですか？」

「かつてルーシ帝国を治めていた皇帝の親族——パーヴェルという男から頼まれ、おまえの行方をつきとめ、迎えにいくことになった。発情から助けるため、やむなくおまえを抱いたが、だからと言って、つがいにするわけにはいかない。おまえにはパーヴェルのつがいになって欲しい」

「どうしてぼくが皇帝の親族と……」

「おまえが皇帝の血をひく唯一の生き残りだからだ」

「え……っ」

希来はあまりのことに驚き、硬直した。

「おまえは皇帝の息子、つまり皇子だ。かつてルーシ帝国を治めていた皇帝ニコライと、彼が最初に結婚した東洋の王女との間に長男として誕生したのがおまえだ」

激しいめまいがした。

しかし一瞬にして、これまでの疑問が解けていった。

（オメガの皇子……だから……生きているだけで悪だと言われたのか）

身体から気力のようなものが抜けていく気がしたが、同時に、希来は反対につきものが取れたような心の軽さも感じていた。

「……っ……そういうことだったのですか」

「ずいぶん冷静だな。ショックじゃないのか？」

「いえ、驚きました。でも、ああ、だからかと納得したこともあって」

「納得？」

希来はうなずいた。

「なぜ、修道院から出てはいけなかったのか、なぜ悪魔の所業、生きているだけで悪だと言われたのか、なぜ、どのアルファからも必要とされないと言われてきたのか」

希来の言葉にクロードが不満そうに眉をひそめる。

「そんなことを言われてきたのか？」

「はい。そのたび、疑問を感じました。どうして同じオメガなのに他の修道士のように、ぼくだけ修道院を出られないのか、誰かの伴侶になることが許されないのか。どうして誰からも必要とされないのか、どうして悪なのか。誰に訊いても教えてもらえず、ただ、ぼくは生まれてきてはいけない存在、その罪の重さを贖って祈ることだけが生きる道だと」

クロードは無表情で話を聞いていた。希来から視線をずらし、口をつぐんだまま。その横顔を見つめ、希来は淡々とした口調で言った。

「その理由がわかって、今、ものすごく心と身体が軽くなりました。ありがとうございます、教えてくださって。やっと自分というものが見えてきました。父が誰なのかすらわからなかったので」

笑みを浮かべながらも、希来の眸からポトポトと涙が流れ落ちていく。困惑したように眉間にしわを刻み、クロードが希来に視線をむける。

「どうして怒りをおぼえない？　皇帝の子という秘密を守るためだけに閉じこめられ、外にも出してもらえず、悪魔だの生きているだけで悪だのと、勝手なことを言われてきたのに」

「済んだことですから。それに謎が解けたことですっきりしました。いえ、むしろ嬉しいです」

哀しみや辛さがないわけではない。もし皇帝の子でさえなかったら。オメガでさえなかったら。そんなことを考えても仕方ない。変えられないことだとわかっているせいか、真実を知っても平静でいられた。

多分、自分のことでここまで苛立ちを見せてくれるこのひとに救われるような思いを抱いているせいだろう。このひとが怒ってくれている。逆にそれを嬉しいと思ってしまうのだ。

「嬉しいだと？　涙を流したりして、本当は哀しいくせに。無理に笑うな」

「いえ、無理に笑っていません。とても幸せだから笑っているのです」

そう、とても幸せです。あなたのその優しさが。

「嘘をつくな」

「いえ、本当にとても嬉しいんです。東洋人の母親から生まれたということしか知らなかったのです。キリルでもキラでもなく、希来という、漢字を意識して名乗っていたのも、それ以外に、肉親とつながるものがなかったからなんです」

ルーシ名はキリル。だが、母親が東洋人で、漢字のイメージで呼ぶつもりだったと、ここに預けた人物が話していた――ということを、昔、修道院長が教えてくれた。あとのことはなにも知らないとも。そのとき、希来は『これからはキリルではなく、希来と呼んでください』と院長に頼んだのだ。せめてその名を語れば、自分には確かに母がいたと実感できたから。

「本当にホッとしました。自分が何者かわかって。ぼくがオメガだから、皇帝――父は修道院にぼくを閉じこめた。そして皇帝の血をひくゆえに、ぼくは誰の伴侶にもなれない、誰の子を産んでもいけない、発情が抑えられなくなったら自ら命をたてと言われて育てられたのですね。ぼくが子供を作ると皇位継承問題が出てくるから」

「そうだ、頭がいいな」

「でも、それなら、どうして最初に殺さなかったのですか。どうでもいい存在ならば、生まれてすぐに殺せば良かったのに」

「皇帝の血をひいている。だから殺せなかったのだ」

「どうして」

「皇帝に後継者ができなかったときは、おまえが産むしかない、そのため、成人するまでは生かしておく——それが決まりだった」

「……っ」

そういうことか。自分自身ではなく、血を残すための存在としての価値だけはあったから。

「後継者がいなくなったときは、おまえをしかるべき親族と結婚させ、子供を産ませ、その子に帝位と財産を与えるということが法で定められている。帝国は崩壊したが、莫大な帝国の財産が残っている。そのためにおまえを連れだした」

「でも、その相手は、あなたではない。だからぼくの首を噛まなかったのですね」

「ああ。俺は皇族ではないからな」

「あなたは単なる応急処置としてぼくを抱いたわけですね」

「そうだ」

「そして……ぼくがパーヴェルさまという親族の伴侶になれば……結果的に、あなたにもなにか利益があるのですか？」

「ああ、報酬をもらうことになっている。財産の半分の」

「必要という言葉も、迎えにきたというのも、従えというのも……そういう意味だったのですか」

希来は納得したように呟いた。

「不満か？」

「いえ、全然」

希来はクロードにほほえみかけた。

「わかりました。パリに行ったら、パーヴェルさまと子供を作ります」

「そんなにあっさり決めて。それでいいのか」

クロードは少し苛立ったような口調で問いかけてきた。

「ええ。まだよくわかっていないのかもしれませんが、そのためにあなたがぼくを迎えにきたのなら、あなたに従います」

このひとが現れなかったら、発情に耐えきれずに死を選んでいただろう。だから自分の命はこのひとのもので、これから先の人生はこのひとのために生きていきたい。

クロードが望んでいるのなら、その望みを素直に叶えたいと思う。

「それで……次の発情のときに、パーヴェルさまと契約すればいいのですか？」

「いや」

「では、いつ」

「数カ月先だ。おまえの祖母、皇太后ナタリアの誕生日の席で孫と認めてもらうまで、おまえは誰のつがいにもなれないんだ」

「ぼくに……おばあさまがいるのですか」

思わず希来は笑顔になった。

「そうだ」

「生きていらっしゃるのですね。パリに着いたらお会いできるのですか」

「いや、しばらくは無理だ。それにまだ孫と認められたわけではない。彼女の誕生日の席で、彼女がおまえを孫だと承認しなければ、パーヴェルとは契約できない」

「認めてもらえないことってあるんですか」

「今のおまえは、皇族としての自覚も教養もない。そもそも今日まで自分の生い立ちを知らなかったのだからな。皇太后に会わせる前に、皇子にふさわしい教養と教育、それから社会性を教える。そんな世間知らずのままだと、皇太后は将来を心配して財産を託したりはしないだろう」

「では、数カ月間、ぼくはどこで」

「俺のところで暮らしてもらう」

「発情のときは？」

「俺が相手をする。別の相手が良かったら、さがしてくるが」

「あなたとしているようなことを他の人とするのですか」

「他の男のほうがいいなら。パーヴェルのつがいになるには手続きを踏まなければならない。数カ月から半年かかる。それまで、発情を抑える男（アルファ）が必要になるだろう。もしおまえが誰か他の男を望むなら」

「他の男……」

そのパーヴェルという男性がどんな人物なのかは知らない。他のアルファというのも知らない。

そうした人たちとどういう話をすればいいのかも。そもそもこのひと以外のアルファは誰も知らないのだから。

「いえ……いいです。とりあえずできるかぎり抑制剤を飲みます。ただ、どうしても困ったときはあなたが相手をしてください」

希来はまっすぐクロードを見つめた。

「俺でいいのか」

「はい。お願いします。信じて、なにもかもあなたにゆだねます」

希来はクロードの手を取った。

「あなたについていきます。あなたが必要とする存在になります。その努力もします。その代わり、ぼくがパーヴェルさまと契約するそのときまで、発情期はあなたが管理してください」

自分でもよくわからないまま、強気でそんなことを口にしていた。

「管理か」

クロードは希来のほおに手を伸ばしてきた。

どうしたのだろう。ほおに触れられているだけで、背筋がぞくりとする。発情しているわけではないのに、心臓がとくとくと音を立てて脈打っている。

「わかった。約束しよう。おまえが皇太后に孫と認められ、パーヴェルの正式なつがいになるときまで、俺がすべての責任をとる。その代わり、その間、おまえは俺のものだ」

その強い言葉に、今度はたまらない心地よさを感じた。

なぜだろう。ものすごく気持ちがいい、修道院で暮らしていたとき——つまり物心ついたときから、誰からもそんなふうに強い言葉で拘束されたことはなかった。

その強い縛りに、彼のなかに秘めたたくましさのようなものを感じてとても不思議な幸福感をおぼえた。

他者からの拘束に、こんなにも嬉しくなるなんて。どうしてなのかよくわからないが、そうした繋がりがたまらなく愛おしいのだ。

その間、おまえは俺のものだ――――。

何という狂おしさ。その低い声が全身に絡みつき、皮膚がざわめく。生きていること、そしてこうしていることにものすごい歓喜と幸せを感じている。

ああ、自分はどうしようもなくこのひとが好きなのだ、と希来は改めて実感していた。

自分のことで怒ってくれる優しさも、その強い言葉も。その一言一言のすべてに胸が熱くなる。

クロードのことがどうしようもなく愛しい。

本当はクロードと契約したかった。この首に噛み痕をつけて欲しかった。けれどこのひとが望んでいるのは、別のことだった。

(でも……いい。クロードさんの言うとおりにしよう。こうしていられるだけでも奇跡なのだから。この先のぼくの人生はすべてクロードさんに)

4　アルファとの生活

『パーヴェルの正式なつがいになるときまで、俺がすべての責任をとる』

そう彼と約束して、列車の旅が始まった。

その後、オーストリアで少し滞在し、祖母や又従兄たちがいるというフランスにようやく到着した。

「パリはもうすぐだ。思ったより時間がかかったな」

旅行に時間がかかったのは希来のせいだった。

ウィーンで希来の身体が発情してしまったため、移動せず、ホテルを借りてクロードに抱かれた。

発情を抑えるためだけの、ただ身体の欲望を分かちあうセックスではあったが。

「もうそろそろ発情期も終わりだ。しばらくはふつうに過ごすことができるだろう」

フランスに入るなり、列車の事故があったため、途中の駅で降り、ドミトリーが運転する車に乗って移動することになった。

世界というのはこんなにも広かったのか。と驚きながらも、希来は通り過ぎていく景色を車窓から静かに眺めていた。

「疲れたか？」

後部座席の隣に座ったクロードが問いかけてくる。

「いえ、大丈夫です」

「腹は？」

「平気です」

「欲しいものは？」

「いえ、なにも」

「ずっと風景を見て、退屈にならないか」

問いかけられ、希来は微笑した。

「ちっとも。すべてが初めて見る世界ですから、なにもかもが素敵で、驚くことばかりで、もうずっと感動してばかりです」

「そんなに驚いてばかりいたら疲れるぞ。亡命した貴族たちは、みんな、パリの都会っぷりに感動している。こんな世界があったのか、と。おまえもきっと」

「あなたは？」

「俺は別に」

「なら、ぼくも大丈夫です、これまで一番感動したのは、あなたと一緒に見たルーシの美しい風景ですから」

その美しさ。思い出しただけで、今も涙が出てきそうだ。

「気があうな」

クロードは苦笑した。

「え……」

「俺もだ」

ぼそりと呟いたクロードを希来がじっと見つめると、彼はついと視線を背けて、荷物のなかから、小さな包み紙を取り出して、ポンと投げてきた。

「え……」

可愛いリボンのついた小さな袋だった。なかには、ジャムの乗ったクッキーが入っている。

「これ」

「さっき、車を待っているとき、駅前のケーキ屋のウインドウをのぞいていただろう？」

「え、あ……ああ」

確かに見ていた。展示されていた菓子があまりにかわいくて、とてもおいしそうだったから。

「目が輝いていた。だから欲しいかと思ったんだ」

「それで……ぼくに買ってくれたんですか？」

「よけいなお節介だったか？」

「……ぼくが食べないと言ったら？」

「俺とドミトリーで食う」

その言葉に、希来はふっと微笑した。

「それなら、みんなで一緒に食べましょう」

二枚を希来はクロードに渡し、自分用に一枚を取り出した。

「欲しいと言っているのではない」

「みんなで食べたいんです。おいしい気持ちをみんなで共有したいんです」

クロードに渡した二枚のうち、一枚を運転しているドミトリーに渡すと、彼は一枚を口に運んだ。

「では、ぼくもいただきますね」

この旅を始めて五日目。政情不安なドイツを避け、オーストリア帝国経由でここまでやってきたが、途中で、ルーシ正教会御用達の店で、新しい修道服を用意してくれた。こんな仕立てのいい修道服は初めてかもしれない。それにこんなにおいしいお菓子も。

「おいしい、修道院で作ったお菓子よりずっとおいしいです。夢のような味です」

クロードが呆れたように笑う。

「おまえはなにを食べてもおいしいと言うな」

「ええ、本当にあなたがくださるものはすべておいしくて」

「では、パリに行ったらもっと感動するよう、食べきれないくらいの豪勢な料理を食わせてやる」

「それは楽しみです」

希来がほほえむと、クロードも少しだけ口の端をあげて微笑するようになった。

最初はニコリともしなかったのに。

「疲れていないか？」

これで十回目だ。希来は静かに答えた。

「いえ。大丈夫です」

こうして四六時中一緒にいると、益々、彼の優しい性質が見えてくる。一見、ぶっきらぼうで、無愛想なのだが。旅の途中、ホテル、駅、服屋、レストラン、カフェ……と、いろんなところで、他のアルファやベータの人たちとも話をすることはあったが、クロードほど素敵だなと思う人物はいなかった。

この先、パリに到着したら、どんなふうにして過ごしていくのかは、旅の間に、クロードから説明を受けている。

しばらくは、ルーシの貴族の子弟として問題のないよう、修辞学や礼儀作法を学び、世間のことを勉強し、フランス語も話せるようにして、祖母の誕生日に孫として認めてもらう。

その後、又従兄のパーヴェルと契約し、子供を作って育てる。

クロードからはそう説明された。

「俺の役目は、おまえの又従兄のパーヴェルに無事に届けるまでだ」

パーヴェルの子供を産んだあと、それがアルファであった場合は、その子にルーシ帝国の財産が委託される。契約のあとは、発情のたびにパーヴェルに抱かれなければならないらしい。

（クロードさんとは、期間限定の関係か）

それなら、必要以上に好きになってはいけないとは思う。

けれどどこんなふうにお菓子をもらったり、空腹かどうか気遣われたり、ちょっとした思いやりや気遣いに触れるとつい嬉しくなって、どんどん好きになってしまっている。

（それとも、それはそれでいいのかな。人を好きになることは、とても幸せで楽しいことだから）

一緒にいる間は、どんどん好きになって、精一杯、大好きな気持ちに素直になって、その人といられることに幸せを感じたらいいのかもしれない。

そんなことは、これまでもなかったし、この先もきっとないのだから。

自分で勝手に納得し、希来はにこにことした顔でクロードの横顔を見た。

「どうした、変な顔をして」

「あ、いえ、幸せだなと思って」

「なにが」

「なにもかもです。ここにいることも、あなたと出会えたことも。おかげで、祖母がいることもわかったし、又従兄と契約し、子供を作る予定なのも知ったし、それまで発情期はあなたがちゃんと面倒をみてくれることになって……すべてが嬉しくて、それで幸せに感じて笑ってしまうのです」

素直な思いを口にしたが、クロードは視線をずらした。

「バカか、おまえは」

「え……」

「前に言っただろう、思ったことはそのまま口にするなと」

残念そうな、憂鬱そうな表情をしている。

そうだった、あまりあからさまに考えを言葉にしてはいけないと言われていたのだった。

「そんな調子だと、すぐにいろんなやつに食い物にされるぞ」

「食い物って」

「利用されるってことだ」

「すみません」

「謝るな」

ぶっきらぼうに言って、すっとクロードが窓に視線をむける。

いつのまにか日暮れが近づき、窓の外には、どこまでも続く深い森が広がっていた。

どこか荒涼とした印象を受けるのは、黄昏が近づいているせいか、それとも木々以外になにもないせいか。

外を見ていると、クロードが目を細め、じっと希来の顔を眺めていることに気づいた。

いつもそうだ。希来からにこにことして、素直な気持ちで話しかけると、すぐにツンとした態度をとるのに、ちょっと違うところを見ていると、今度はクロードのほうがこちらを見つめている。

「なにか？」

「いや、そうしていると、亡くなった弟君たちによく似ているな」

「弟君？」

それは皇帝——父と共に処刑された異母弟たちのことだろうか。

皇帝は希来の母親が亡くなったあと、ドイツの王女と再婚した。そして二人の間には六人の皇子が生まれたが、革命軍に捕まり、結局、全員が処刑されたという話は聞いている。

「似ているというのは、顔立ちですか、それとも声や体格ですか」

「雰囲気だ。顔立ちは少し違う」

「ですよね、ぼくは東洋の血が流れているから」

「……これまで自身の出生についても、とりまく環境についてもまったく知らないまま過ごしてきたのだな」

念押しするように問われ、希来はうなずいた。

「はい。修道院のなかでは、俗世でのことを口にするのは禁じられておりましたので、知ることはなかったです」

希来は静かに答えた。

「知りたいと思ったことは？」

「いえ」

「どうして」

「知ったところで、ぼくの生活に変わりはありませんので」

本当は知りたかった。けれど怖かった。恐ろしい話を耳にすることになったらどうしようという気持ちもあった。

「生活というのは」

「修道士として暮らす生活ですよ」

「どんな生活をしていたんだ？」

「起きて、祈って、働いて……のくり返しです。たいていのことは自分でできます。鐘楼守もぼくの役目でしたし、イコンを描くこともできました。これはぼくが作ったものです」

ポケットから小さな木片をとりだし、クロードにも見せた。それは聖ミハイルを描いた小さなイコンだった。

「見事な技術だな」

クロードが目を細める。

「こんなものが作れるのか」

「はい。こういうの、好きですか？」

「好き……というか、昔、我が家にあったものと似ていて、ふとなつかしくなった。パリでは教会なんて行かないし、パリの家には宗教と関係のあるものは置いていない」

とても優しい目をしている。ルーシの草原を見ていたときと同じ。

「あなたにさしあげます。ちょっとあなたに似ていませんか？　よかったら、もらってください」

クロードが眉間にしわを刻み、いぶかしげに問いかけてくる。

「俺に？　聖ミハイルを？」

ものすごく不思議そうにしている。

「え、ええ。変ですか？」

「いや、俺のかつての守護聖人だから」

「そうだったのですか？　ああ、そういえば、以前は軍人だったのですね」

剣を手にした聖ミハイルは、軍人や警察官にとっての守護聖人に当たる。

「偶然、これを？」

「いえ、イコンのなかでは、聖ミハイルを描くのが一番得意だったので、こればっかり作っていたんです。聖ミハイルを持っていると安心して」

最後の修道士が亡くなったあと、希来は空いている時間はひたすらイコンを描いていた。

修道院の聖堂の地下には、イコンを作る道具がありあまるほどたくさんあった。

木板、彫刻刀、麻布、それから膠（にわか）と大理石の粉、テンペラ絵具……と。

最初は教会内で補修の必要なものを直し、もうすっかりダメになってしまったイコンの、ハリストスのエルサレム入城や、ナタリアの眠りを作り、それから聖ミハイルの小さな木片を作った。

手のひらに収まりそうな聖人の木片。机に置いて、木片にむかい、ただただひたすらイコンを作り続ける時間。そうしていると、聖人に護られ、自分がひとりぼっちではないと思えたのだ。

「絵が好きなのか？」

「そういうわけではないんですけど……ただ聖ミハイルのイコンを描いていると、不思議と、幸せな気持ちになったんです。とても大きな力に自分が守られているような気がして。やはり軍人や警察関係の聖人だから、心のどこかで安心感があったのかもしれませんね」

その言葉にクロードはフッと口の端を歪めて嗤った。

「変……ですか？」

クロードはさらにおかしそうに苦笑した。

「ああ、変だ」

「ですよね。しかも自分が作ったもの、もらってくださいなんて、失礼なことを」

釣られたように苦笑いしたあと、希来はイコンに手を伸ばした。

「いや、いい。これはもらっておく」

クロードはさっとイコンを自分の胸ポケットに入れた。

「もらっていただけるのですか？」

じっと希来の顔を見たあと、また突き放すような態度でクロードが視線をずらす。

「俺の守護聖人だ。今ではなく『元』だが。だから、おまえではなく、俺が持っているべきだ」

このぶっきらぼうな物言いとつっけんどんな雰囲気。

何となくわかってきたが、これは彼が心を隠すときにやる態度だ。

なにか思うことがある。なにか言いたい。けれど言いたくない。

そんな複雑な気持ちのとき、クロードはこんなふうになる。

それは、彼の心のやわらかな部分——優しさだったり、弱さだったり、恥ずかしさだったり——そんなものを隠したいときにする行動だというのがわかってきた。

そしてそういうものを発見するたび、また彼を好きという気持ちが強まってくる。

こうして、少しずつ好きの密度が濃くなっていくのがとても嬉しい。どんどん好きになりたい。こんなに大好きな人は他にいないというくらい大好きになりたい。

一生に一度、今、このときだけ、自由なのだから。

今だけオメガという縛りもなく、皇帝の子という義務もなく、自分の自由な意思で人を好きになれるのだから、一生分の「好き」という気持ちをこの数カ月にだけ凝縮したい。

そう思っているので、クロードのいろんな側面を発見するのがとても楽しい。

「そろそろパリにつく。しばらくは俺の家で暮らしてもらう。旅券が必要なので、俺の弟という形のものを偽造した」

「ぼくがあなたの弟？　いいんですか」

意外な言葉に希来は驚いた声をあげた。

「気に入らないか？」

「いいえ、嬉しいです。お兄さんができるなんて」

「旅券だけの関係だ」

「えっ、旅券だけでも兄ができるなんて、とっても素敵じゃないですか」

言いながら、ハッとした。

「あ、でも……あなたの家族は？」

「死んだ」

「……すみません」

「どうして謝る」

「辛いことを訊いてしまったので」

「おまえも同じだろう。全員殺された」

「そうですが……あの、ではあなたのご家族も革命で？」

「そういうことになる」

「では、今は一人暮らしですか？」

「ああ。通いの使用人がいるだけだ。あとは誰もいない」

「今はなにをしているのですか」

「かつては、皇帝陛下の覚えめでたき近衛兵だった。だが、今は違う。パリの裏社会のマフィア、いわばヤクザものだ」

「ヤクザもの？　マフィア？　どんな職業ですか」

希来は小首を傾げた。

「別に知らなくてもいい」

「旅券上では……ぼくはマフィアの弟ですよね。だったら、兄の職業を知ったほうが」

「知らなくてもいい。皇太后に孫だと認められたあとは、正式に、ルーシ皇帝一家の一員としての、正しい旅券を手に入れることができる。仮のものなどどうでもいいだろう」

知らなくてもいいことなのだろうかと思ったが、それ以上は聞かなかった。

とにかく、パリで彼の弟として暮らし、そのなかで、皇太后に認められるような教養とマナーを学び、パーヴェルという男性と契約して子供を作る。

それが自分の役目で、そうして生きていくことが自分の人生なのだから。

やがて車はにぎやかで明るい通りから少し奥に入った建物の前に停まった。

「すごい、パリは夜なのに明るいですね」

通りには、ガス灯の明かりがともされている。

大通りのほうから人々の話し声や笑い声、それから楽しそうな音楽も聞こえてきていた。マロニエの並木道がきらきらと煌めき、そこにいるだけで心が弾む雰囲気だった。

「このあたりはモンパルナスといって、最近、開発されてきた地域だ。酒や麻薬に溺れている奴らもいるからあまり治安がいいとは言えないが、外国から来た詩人や画家も多く住んでいて、アルファもベータもオメガも関係なく、それぞれが好き勝手、自由気ままに暮らしているので、俺は気に入っている」

「自由気ままに？　そんなことが」

「まあ、でも、おまえはあまり馴染まないほうがいいだろう。数カ月後には、皇太后たちのいるルーシの亡命貴族社会で生きていくことになるんだから」

「そのひとたちはここことは違う場所に？」

「この先にパリを縦断するセーヌという川がある。その対岸にルーシの亡命貴族が住んでいる高級住宅街がある」

セーヌ川の対岸、高級住宅街……と言われても、希来にはよくわからなかった。

「さあ、中に入って」

そこはアパルトマンという、数階建ての共同住宅になった建物で、エントランスから屋内に入り、電動式エレベーターという、上下に動く大きな箱に入って、最上階へとむかった。

最上階のフロアは、すべてクロードの家になっているらしく、すぐ下の階にドミトリーとその親族が住み、さらに他の階にはクロードが持っているマフィアという組織で働いている幹部たちも多く住んでいるらしい。

エレベーターに乗っている間に、そんな説明を受け、彼の住居に案内される。

玄関は重々しい木製の扉。なかに入ると、コートをかける場所があり、マホガニーの豪華なチェストが置かれていた。

「鍵はチェストのこの引き出しにある。俺がいないときに自由に外に行ってもいいと言いたいところだが、慣れるまでは一人での外出は禁止だ。危険も多いし、迷子になったら困る」

「はい」

「俺がいないとき、困ったことが起きた場合は、下の階にいるドミトリーの一家のところに相談に行くように。俺のほうから説明しておく」

「ありがとうございます」

「ここがリビングで、あちらがキッチン。それから……おまえの部屋はそこだ。続き間になっていて、手前が居室、奥が寝室。クローゼットは奥にある。それから寝室の横に浴室。足りないものや必要なものは、おいおい揃えていこう」

内装はアール・ヌーボォー調という、おしゃれで上品な雰囲気になっている。

「こんなに広い部屋に住んでいいのですか」

「ああ、隣は俺の寝室になっている」

「別々の部屋なんですね」

「そうだ」

「使用人の方は？」

「ドミトリーの姉のリョーバという女性が通いの使用人だ。食事の支度と、掃除、洗濯などはすべてリョーバが担当している。ベータなので気にせず接すればいい」

「はい」

「リョーバは歴史と数学が得意だ。フランス語も話せる。そのあたりのことは、彼女の仕事の合間にでも教えてもらえばいいだろう」

「はい、フランス語、それから歴史と数学ですね」

「あとは社交界でのマナーとダンス、それから社会勉強か。皇太后に会う日まで、ある程度はマスターしておかないとな」

「はい。あの……それでマナーやダンスは誰から」

「教師は俺だ」

「ええっ、あなたが？」

驚きのあまり、裏返ったような声で訊いてしまった。クロードが口の端を歪め、目を眇める。

「言いたいことはわかっている。俺に教えられるのかと疑っているのだろう」

一瞬、押しだまったあと、うつむいて希来は「いいえ」と首を左右に振った。

「嘘をつくな。教師にはむいていないのはわかっている。だがいつ発情するのかわからない以上、迂闊におまえに他人を近づけたくない。万が一、他のアルファに噛まれてみろ、どうなるか」

首筋に噛み痕を残せば、つがいという関係が成り立ってしまう。

「おまえが皇太后ナタリアに会うまでは、誰のつがいにもするわけにはいかない。もちろん、孕ませるわけにも」

「わかっています」

「この先、禁断の果実を食べることになるが、おまえにはいろんなことを学んでもらう」

禁断の果実……。アダムとイブの林檎のことだろう。なにも知らず無垢なまま育ってきた希来が、これから先、人間の汚れた部分や負の感情を知るという意味だ。

(そんなことの心配までしてくれるなんて)

あまりにも彼が優しくて泣けてくる。言葉遣いはつっけんどんだし、態度も無骨だし、一見、無感情で冷たい元軍人といった感じなのに、その言動の奥に、常にこちらを思いやろうとしてくれる優しさが透けて見えて胸が苦しくなってくる。

確かに、自分は世間のことはなにも知らない。無知であることも自覚している。けれど人間の醜さや汚さ、負の感情を知らないわけではない。オメガとして哀しい人生を歩んできた老修道士たちとともに暮らしてきたのだから。

むしろプラスの感情にこそ触れたことがなかったというのを改めて痛感した。

クロードが自分に示してくれるような、優しさや慈しみ、他者を思う気持ちといったものを持っていた先輩は誰もいなかった。みんな自身のことで精一杯で。

これから先、自分はこのひとのような心を持っていこう。そう思った。他人から与えられる優しさや思いやりに触れると幸せな気持ちになる。だから従うだけでなく、素敵なところを見習いたい。

「どうした、妙な顔をして。不安なのか?」

またこちらを案じてくれている。希来は嬉しくなり、にこやかにほほえんだ。

「大丈夫です。どんなことであろうと、これまで同様、ぼくは運命として受け入れます。ですから、どうか遠慮なくぼくに必要なことを教えてください」

「素直だな」

「弟ですから、兄に従います」

「旅券上の関係だ。確固とした身分がないとパリで生きていけないからな。もともとのおまえの身分では旅券は作れないだろう」

「それは……どうして」

「死んだことになっていたからな。おまえという人間の存在、生きてきた足跡がない」

確かにそうだ。皇帝一家の人間であることすら知らなかった。自分の存在というものが完全にこの世において存在してなかったのだ。他者のなかでは。

その事実を改めて認識したとたん、一瞬、真っ暗な地下で誰にも看取られずに死んでいたかもしれない自分を想像した。

「変ですね、ぼくはここに存在しているのに」

「そうだ、存在はしている」

「でも、誰の記憶のなかにもなく、生きている事実さえなかったなんて」

「そんなことはない。俺の記憶には存在していた。皇太后も記憶している。だから捜索することになったんだ」

「記憶に？」

「ああ、おまえが生まれる前のことも覚えているし、まだ幼年士官学校に行く前のことだが、おまえが誕生したときのことを記憶している。祝砲が鳴り響き、国全体が歓喜にあふれていた」

「ぼくは……喜びのなかで誕生したのですか？」

「そうだ。皇帝夫妻にとっても、帝国にとっても、待ちに待った皇太子の誕生だったからな」

歓喜のなかで誕生した。待ちに待った皇太子。

少なくとも、自分が誕生したことを人々は喜んでくれたのだということを知ることができ、あたたかなものに胸のなかが満たされる。

しかし同時に、オメガだったがゆえに、その喜びも束の間のものだったのだと思うと、どうしようもない申しわけなさが胸に広がっていった。

「では、父も母もよけいに落胆したでしょうね。生まれた子がオメガだったと知ったときは」

「皇帝がどう思ったかは知らないが、少なくとも、おまえの母親――皇妃は違ったと思う」

「母を……ご存知なのですか？」

「少しだけ。俺の母親が皇妃に仕えていたからな。一度、皇妃から言われた。生まれてきた子が男子なら、希望が来ると書いて希来と名づける、ルーシの希望となるような子にする、だからそう呼んでくれ、と。字も教えてくれた。こんな文字だと」

クロードは近くにあったペンをとり、メモ用紙に「希来」と書いて、希来に差し出した。

希望が来ると書いて希来。東洋の文字だとは知っていたが、そんな深い意味があったとは。

知らなかった、この名前にそこまでの親の愛が含まれていたなんて。

「おまえが希来と呼ばれていたのだとしたら、亡くなる前に、彼女がそう名づけたからだ。息子がオメガであることに落胆していたら、その名は与えなかっただろう」

「……っ」

こみあげてくるものに涙がこぼれそうになった。顔も知らない母。彼女からむけられていた愛情を知ることができ、胸が震えた。

「ありがとうございます」

涙をこらえ、希来は笑顔で言った。いつものようにクロードがついと顔をそらす。

「礼を言われることはない。仕事だ」

「ぼくを修道院から連れだし、パリで教育して、皇太后に会わせる。そういう仕事……ですか」

「ああ」

「では、ぼくを抱くのも仕事ですか？」

「他に理由が必要なのか」

冷たく問いかけられ、希来はかぶりを振った。

「いえ……それで十分です」

十分どころか、ありあまるほど幸せです。そう心で呟きながら、希来はクロードが書いてくれた漢字のメモにそっとキスをした。


そしてその日からクロードとの生活が始まった。

午前中、希来に勉強を教え、午後から彼は仕事場のある近くの酒場へむかう。

どんな仕事をしているのか知らないが、その間、通いの家政婦をしているリョーバという女性からフランス語と歴史と数学を学ぶ。

「これからは、毎日、私とはフランス語で会話しましょう。あとクロードさまは芸術に疎いから音楽や美術についても」

ドミトリーの姉のリョーバは、ベータで、クロードの部下を務めている彼女の夫もベータらしい。

艶やかな金髪、ダークグレーの眸の、知的な女性で、ほがらかで優しい雰囲気にホッと心が和む。ドミトリーもそうだが、ベータの人と接するのも今までなかったのでとても新鮮だった。

その後、リョーバが作る夕飯も手伝うことにした。

「じゃあ、ルーシの料理を一緒に作りましょうか？」

「ありがとうございます」

昨日は濃厚なボルシチ、今日はもちもちのペリメニ、明日はキノコのつぼ焼きシチュー、明後日は白いストロガノフ、それからソリャンカ……と、一つ一つ、故郷の料理の作り方を学ぶ。

そしてクロードは遅い帰宅のあと、夕飯をとるため、希来と食卓を囲む。

ふだんは深夜まで仕事で留守にすることもあるそうだが、希来と暮らしている間は、夜八時には帰宅するようにしてくれるらしい。

二人だけのひっそりとした小さな食卓。マフィアという仕事はどのようなものなのか、希来には想像がつかないが、最後の修道士が亡くなって以来、ずっと一人で食事をしてきた希来にとっては信じられないような時間に思えた。

そんなある日、クロードのいない時間に、突然、訪ねてきた女性がいた。

「クロード、いる？」

合い鍵を持っているのか、すらりとした赤いドレスを纏った黒髪の綺麗な女性が部屋のなかに入ってくる。一目でアルファの女性だというのがわかった。

「……っ」

だれ？　玄関で呆然と立っていると、彼女はちらりと横目で希来を見た。

「ああ、あなたがクロードが連れてきたオメガね」

一瞬ではあったが、こちらを見定めようとしているような鋭い眼差しだった。

「あの……あなたは一体……」

「私？　私は……」

するとあわてた様子でドミトリーがやってきた。

「待ってください、ソーニャさま、クロードさまは今日はお留守だと」

ソーニャさま？　誰だろう、クロードの知りあいなのか？

「希来さま、彼女は亡命貴族の一人で」

「私のほうから自己紹介するわ。私はソフィア・イワノヴナ。ソーニャでいいわ。クロードの幼なじみで、元婚約者。そして今は情婦といったところかしら」

元婚約者で、情婦？　ソーニャの言葉に、希来は目を見はった。

「ソーニャさま、そういう誤解を招くような発言は……」

「一度口にしてみたかったのよ、マフィアの情婦だって。ところで、この子、オメガね。うーん、本当にいい匂い。私まで刺激されそう」

「ま、待ってください……ソーニャさま。今はまだ極秘の事情がありまして。この方をアルファに近づけるわけには」

「わかってるわよ、手を出したりしないわよ。それよりクロードは？　頼まれていたことの返事を持ってきたのに」

「返事？」

「そうよ。これ、クロードに渡しておいて。とても大切なものよ」

ソーニャという女性は、一通の封筒をドミトリーに差しだした。

「ありがとうございます。これはクロードさまに必ず」

「その代わり、来週のオペラ座では、私をエスコートするように伝えておいて」

「その件もお伝えしておきます。それよりソーニャさまが……どうしてここの鍵を」

「リョーバから拝借したのよ」

「どうかおやめになってください、そういうことは」

「私はクロードの元婚約者よ」

「それはルーシにいたころのことです。今はどうか」

「いいえ、今だって、社交界では必ず彼は私をエスコートすることになっているのよ。同じアルファ、同じルーシの貴族、そして幼なじみ。彼以外に、私にふさわしい相手がいて？」

「ですが、今のクロードさまはマフィアですよ」

「いいじゃないの、私は彼のそういう一面も好きよ。軍人のころもクールでかっこよかったけど、パリに来てから、悪そうな魅力も加わって、ますます色っぽくなったじゃない。私、マフィアの情婦にでも妻にでもなってあげてもいいわよって言ってるんだけど」

ちらりとソーニャが希来に目をむける。視線を合わせられず、希来はさっとうつむいた。そんな希来の横顔をまじまじとみたあと、ソーニャは呆れたように苦笑する。

「いやだ、あなた、本気でショックを受けているの？」

「え……」

「オメガがアルファを本気で好きになってどうするの。しかも金のためにここに連れてきて、他の男の子を産む道具にしようとする男なんて……最悪だと思わないの？」

「ソーニャさま、そういうことはご本人の前では……」

「ちゃんと全部知らせておいてあげたほうがいいと思うけど。その幽霊さんに」

「幽霊……？」

「皇太后のさがしているオメガの皇子らしき人間。まだ本物かわからないけど。死んだと発表されたのに、いきなり生きていただなんて、幽霊みたいなものじゃない」

「そういう言い方はおやめになってください。それに彼のことは皇太后の答えが出るまで内密に」

　ドミトリーが頭を下げて頼んでいる。

「わかってるわ。だから協力しているのよ」

「協力？」

「そうよ、その封筒の中身、皇太后のスケジュールが書いた紙が入っているから。クロードが知りたがっていたのよ。彼女に会いたいみたいだから」

「ああ、それを届けにきてくださったのですか」

「そのオメガをさっさと皇太后が本物の孫だと認めればいいのよね。そうしたらクロードもこんな面倒ごとから解放されるわけだし」

「別に面倒だとは思っていらっしゃいませんよ」

「そう？　クロードは、本来、権力争いや骨肉の争いごとは好きじゃないのよ。元々はパーヴェルがクロードへの借金を返せなくなって、手に入る財産を返済金にあてるからこの子をさがして欲しいと言いだしたわけだし。皇太后さまはその計画にはご立腹よ。でも孫を見つけたいお気持ちと、クロードはマフィアでも骨のある男だと思われているから、自分が本物だと認めるまで、パーヴェルたちには会わせないという条件付きで、今回の計画を黙認なさったの。会わせたら都合のいい金づるにされてしまうからね。クロードはクロードで、本当はパーヴェルのことなんて軽蔑しているわけだし」

「ソーニャさま、どうかもうそのへんで」

「わかったわ。そうね、そろそろ失礼するわ。オメガと同じ空気を吸っているだけで、なんか自分までゴミ溜めにいるみたいに、汚れた気がしてくるから」

「――っ」

希来は眸を震わせた。その希来の眸を見つめ、ソーニャが婉然と微笑する。

「一歩、外に出たら、こういう扱いをされるって……クロードから教わっていないの？」

「それは……」

希来はどう返事をしていいかとまどった。

「怒ったの？　でも本当のことよ。オメガなんて、人間だと思われていないのだから」

「あ、いえ……怒ってはいません。ただ……どう反応していいのかわからなくて混乱しています」

「混乱？　なにに？」

「さっきから、あなたがぼくに取られている態度に」

「だから、私の態度に怒っているわけでしょう？」

「いいえ、怒ってはいません。怒る必要などありませんから。ただ不思議すぎて、驚いているのです」

「なにが不思議なの？」

「クロードさんは、あなたに皇太后のスケジュールを知りたいと相談したわけですよね。彼はあなたをとても信頼しているのです。きっとルーシの貴族のなかで一番。けれど、あなたはぼくを汚いもの、穢(けが)らわしいもののように言う。それが不思議で仕方ないのです」

「あの……言っていることの意味がわからないんだけど」

「クロードさんは、差別をするような人間を信頼したりしません。ですから、本当はあなたはそんな人物ではないはずです。それなのに、どうしてわざとぼくを傷つけるようなことを口にするのか、それがわからなくて、不思議で仕方ないのです」

希来の言葉に、ソーニャはおかしそうにクスクスと笑った。

「あなた、おもしろい子ね。なら、しっかりとおぼえておきなさい、差別しない人間のほうが少ないってことを。パーヴェルもあなたを人間とは思っていないわよ。呪われた皇子、穢らわしいオメガ、ただの子作り道具、けれど金のために必要な存在程度にしか」

呪われた皇子、穢らわしいオメガ、子作りの道具……。

「じゃあ、ドミトリー、これを」

鍵をポンとドミトリーに渡すと、ソーニャがくるりと背をむける。

「希来さま、申しわけありませんでした。あ、待ってください、ソーニャさま、お送りしますので」

希来にぺこりと頭を下げ、ドミトリーがソーニャを追いかけていく。

(そうか……あのひとは、ぼくを試したんだ。本気でパーヴェルの伴侶になる覚悟があるのかどうか。クロードに対して、どんな感情を抱いてるのかも含めて)

世間の人はオメガは人間だと思っていない。ものすごい差別を受けると聞いている。オメガに生まれた人間は、迫害され、殺されることだってあると。

ソーニャからはっきりと言われ、改めて自分というものがどういう生き物なのか理解した。

差別されてあたりまえなのだ。パーヴェルはクロードと違って、差別してくるかもしれない。

それを覚悟しろと遠まわしに言ってきたのかもしれない。


「――ソーニャがひどいことを口にしたそうだな」

数十分後、帰ってきたクロードは開口一番そう言った。

「あ、いえ、ソーニャさんはそんなことはなにも」

「だが、きついことを言ったんだろう？」

「大丈夫です」

「嘘をつくな。目元が濡れている」

クロードが革手袋に包まれた手で希来の目元をなぞってくる。

「これは……別のことで」

「別のこと？」

「そう……別のことで涙を流していただけです」

希来は目元に触れたクロードの手を両手で包み、そっとそこにキスした。

「あなたへの感謝の気持ちが湧いてきて、それで泣いてしまって」

「俺への？」

「あなたは本当にぼくをきちんと人間として扱ってくれているんだなというのが改めてわかって、そのことに感謝したとたん、泣けてきたんです」

笑顔で言う希来に、クロードは視線をずらした。

「俺への感謝は無用だ。これは仕事だ」

いつもの突き放すような物言い。わかっている、彼がこういう態度をとるときは隠したい感情があるのだと。

「仕事でもいいんですよ。あなたが優しいことに変わりはありませんから」

「ソーニャには俺から注意しておく」

「いいですよ、そんなことしなくても。世間の人がオメガをどう思っているか、それを踏まえてちゃんと覚悟しておかないと、ぼくはこの先、生きていく上で困ってしまいますから」

「……それでいいのか」

クロードは眉をひそめ、問いかけてきた。

「よくないですか？」

「理不尽な差別なんだぞ」

「ぼくからすると、差別をしないあなたのほうが不思議です」

「俺のほうが？」

「はい」

「どうして。おまえこそ悔しくないのか、ソーニャにそんなことを言われて」

「クロードさん、これまで、ぼくは、オメガの性を持った修道士として人生を送り、発情が抑制できなくなったときに聖霊になるつもりでした。それが自分の宿命だと。それ以外の望みなど持ったこともありませんでした。ですから、悔しいという感情もそれを怒る気持ちももっていないのです」

「……」

「『かわいそうに』という憐憫の目をむけられても『穢らわしい』と言われても平気です。子作りの道具にされても、セックスの玩具扱いにされても。オメガはそういうものなのだ、それが世間では普通なのだと受けとめています。だからかわいそうでもないし、怒りを感じることもありません。そんなことを口にされても、何の感情も揺さぶられないのです」

きっぱりと告げると、クロードは苦しそうな顔をした。

「むしろぼくからすると、あなたのその表情のほうが不思議です」

希来はクロードのほおに手を伸ばした。

「俺の？」

「どうしてそんな目をするのですか。どうしていつもそんな表情を」

「俺がどんな表情をしていると言うんだ」

少し苛立った彼の口調に、希来は「いえ」と手をひっこめた。

「いえ、そうじゃなくて……ぼくの感情が揺さぶられるのは、あなたの優しさに触れたときだけです」

「俺は優しくはないと言っているだろう」

「え、ええ、わかっています、あなたは優しさからではなく、義務、仕事から、ぼくを人間扱いしてくださっているのはちゃんと承知しています。でも、それにぼくの心は揺さぶられるのです。感動して、涙を流してしまうのです」

「どうして……」

「わかりません。どうしてなのか、わからないんですけど、多分、きっとあなたのことが大好きだから、あなたの素敵なところに触れると、嬉しくて、胸の奥が甘く疼いて、何だかいてもたってもいられなくなって、急に涙が出たり、わけもなく笑みを浮かべたり……いろんな感情を自分でも制御できなくなるのです」

「バカなことを」

「バカかもしれませんが……涙が出てくるのは……あなたのことを思ったときだけで」

言葉にしているうちに、再び眸が潤んできた。まっすぐ見つめると、クロードがまた視線をそむける。そして突き放すように言う。

「それは……きっと発情しているからだ」

「え……」

「発情して、身体が俺を欲しがっているだけだ。だからさっきから、おまえのそばにいるだけで甘い匂いがするんだ」

発情？　そうなのだろうか、こんな感情も発情のせいなのか？

もう今月の発情期は終わったはずなのに。

「甘い匂いがするなら……発情かもしれませんね……」

「そうだ、発情だ。だからそれを好きだという感情だと混同するな」

「え、ええ……そうですね」

肉体の発情からではなく、もしかすると心が発情して、知らず発情期のような甘い匂いで彼を誘っているのかもしれない。

「……っ」

クロードの手が希来の肩に触れる。そして耳元にキスしてきた。ひどくなやましげな仕草で。

「発情しているなら……助けが必要だな？」

耳朶に触れるあたたかな吐息に、希来はこくりとうなずいていた。

「え……ええ。すみません」

「助けて欲しいのか？」

多分、肉体は発情していない。

けれど心が発情している。このひとと触れあいたいと。だから「ええ」と答えていた。

「どうか……助けて……ください」

肉体ではなく、この心の発情を抑制してください……と心のなかで呟きながら希来は静かにまぶたを閉じていた。ほおを包んだ手に髪をいじられ、唇を押しつけられる。

「ん……っ……」

二人の唇が重なりあい、クロードの手が希来の背を抱きよせる。そのまま彼は希来の身体を抱きあげ、寝室へと連れて行った。

修道服を脱がされ、くちづけをかわしながら乳首を弄ばれていく。発情期のときと同じように、クロードの指でつつかれるだけですぐにツンと尖ってしまう。思わず希来は甘い息を吐いた。

「あ……っ……く……ああっ」

ころころと指先でそこを弄られると、下肢がジンと痺れはじめ、いつものあの、むず痒くも心地よい快感のようなものが全身に広がっていく。もう希来の性器の先端は蜜に濡れている。

「感じているのか、だが、今日はずいぶんと狭いな。慎ましく閉じている」

発情期ではないため、希来のそこはいつもと違ってすぐにほぐれようとしない。

クロードは、そうしたほうが辛くないからと、希来の身体をうつ伏せにした。腰を高く突きださせられたかと思うと、突然、肉の入り口に、ぬるりと弾力のあるものが触れた。彼の舌だ。なまあたたかな、その感触に思わず悲鳴に似た声をあげてしまう。

「あっ、やあ……いや、そんなとこ……ああ、ふっ、ああっ」

ぐちゅぐちゅと音を立てて固い窄まりを丹念に舐めほぐされる。肉の襞をかき分けながら、やわらかな舌先が内部で妖しく蠢く。そのあたたかな感触。希来は上ずった声をあげ、腰を悶えさせた。

「いや、ああっ……ああっ」

肉塊から与えられる刺激とはまた違う。とろ火でじわじわと炙られているような快感に希来の全身は汗ばみ、知らず痛いほど爪を立ててシーツを握りしめている。肉孔を行き交うそのありえないほどの異様な感覚に脳天まで痺れ、そのままそれだけで達してしまいそうなほどだ。

「お願い……もう……いや……ああっ、そこ……すごくて……早く……ああっ」

自分でもなにを口走っているのかわからない。息を喘がせ、腰を揺らす希来に、「そろそろやわらかくなってきたな」と呟き、クロードは舌を引きぬいた。そして腰を後ろにひきつける。

「う……ぐう……っ、んんっ」

彼の先端が触れたかと思うと、大きく張りつめた器官が後ろから抉りこんでくる。いつもと違い、激しい痛みに頭が真っ白になりそうになる。出っ張った亀頭の鎌首がぎちぎちの肉孔をめいっぱい広げ、ひきつる粘膜をこすりながら侵入してくるそれに、希来は全身を強張らせた。

「狭いな……今日はいつもより。……苦しいか？」

根元まですっぽりとそれが挿りこんできたのがわかる。どくどくと腹部で脈打っている彼の性器。苦しい。痛い。快感もあるけれど、いつもよりとても苦しい。

「う……ん……っ……大丈夫……です……とてもいい……だからもっと」

希来が呟くと、クロードは腰をさらに引きつけ、激しい律動をくりかえし始めた。ずん、ずんと内臓にかかる圧迫感。だが自分の腹部にかかる、その圧が希来にはどうしようもなく愛しく思えた。なぜならこれが愛しあう行為だからだ。発情期のない人たちはこんなふうに愛しあうのだ。

「素敵です……すごく……ああ……っ」

体内に感じるクロードの存在がたまらない。呼吸が乱れ、ベッドについた手でかりかりとシーツをかいてしまう。膝もがくがくしてどうしようもない。そんな希来のウエストに彼の腕が巻きつき、後ろから乳首を弄ばれる。

「ああっ、ああ……ああ……っ」

一突きごとに強まってくる快感。乳首も後ろもどこも彼処も感じている。これがふつうに愛しあう行為なのだ。発情期ではなく、これが。

肉体の快楽以上に心が満たされていく。幸福感でいっぱいだった。

窓の外はまだほんのりと明るい。もう九時を過ぎているのに、ルーシと同様に、この季節、パリも夜がふけるのが遅いらしい。

薔薇色の夕陽が窓から入りこみ、抱きあった二人のシルエットが壁に刻まれていた。

5　オメガとして

さわやかな風がパリの街を駆けぬけていく。

モンマルトルの通りに植えられたマロニエの木々も美しい新緑の葉を揺らし、あかるいガス灯の光が鮮やかに木々の姿を浮かびあがらせている。

クロードがオメガの皇子——希来をパリに連れてきて一カ月が過ぎようとしていた。

その夜、クロードは再び発情期を迎えた希来を腕に抱いていた。

うっすらと開いた窓のすきまから、さらさらとマロニエの葉を打つ風の音と、モンマルトルの町の喧騒が聞こえてくる。

シーツに横たわった希来は、この一カ月で以前にも増して美しくなったように思う。

きちんとした食事と睡眠、それから自分が何者か知り、人と暮らしながら新しいことを勉強していくという刺激的な日々が彼を輝かせているのかもしれない。

チャイナの磁器のように、触れただけでいたわりたくなるような、なめらかな肌。発情を迎えたとたん、その皮膚の下には淫靡な熱がこもり、甘く香ってクロードを誘ってくる。

一度果てたあと、その細い肢体を抱きしめながら、首筋に顔を埋めると、希来の肌から狂おしい香りが漂う。

「ありがとうございます……今回も助けてくださって」

希来が唇に張り付いた毛先を指で梳きあげ、淡くほほえむ。

「礼を言うな」

「でもこうしていると幸せだから」

クロードの背に腕をまわし、希来がぴったりと肩に顔をよせてくる。それだけでまた甘い芳香が漂い、再び欲しくなってしまう。

「俺は義務でおまえを抱いているんだ」

そう口にすると、「わかってます」と希来は静かに答える。

そうだ、彼はわかっている。どうすべきか、クロードにすべて従おうとしている。

（わかっていないのは……俺のほうだ）

希来にこうして欲しいと彼を導きながらも、自分の感情がそれについていかない。

だから、つい突き放すようなことを口にしてしまう。そのとき、彼がほんの少しだけ淋しそうな表情をするのがわかっていながら。

そう、切なそうな、泣きそうな顔をしながらも、懸命に笑みを作り、「わかってます」と優しい声で言う。そんな表情を見るたび、胸の奥が甘い痛みに疼くのはどうしてなのか。

「よかったら……もう一度……抱いてくれませんか」

クロードの背にまわした手に力をこめ、希来が消えそうな声で懇願してくる。

「まだ……発情が治まらないのか」

「いいえ……発情はもう……。あ、いいえ、やっぱりまだ……治まらなくて……助けてください」

希来のこの発情。今回のそれは本物だろう。

あきらかに、蠱惑的な、夜の星の瞬きにも似た、少し官能的で、毒を孕んだ夜に咲く花のような馨しさがしている。

彼からはいつもアーモンドとヴァニラとオレンジの花を混ぜたようないい香りがしているが、そこに官能的な、エロスをかきたてるような香りが加わったときが発情期だ。

先日、まだその匂いを肌に纏っていなかった希来に『発情している』と言いがかりのように決めつけ、彼を抱いてしまった。あれ以来、発情しているようだから相手をしてやると言って彼の寝室に入り浸っている。実際は発情していないとわかっていながら。

（いや、発情しているはずだ、そうでなければこんなにも俺がこの男を欲しくなるわけがない）

そう己に言い聞かせ、ほぼ毎夜のように希来を抱いている。希来も希来で、発情しているのかいないのかわからないが、いつも『助けてください』とすがりついてくる。

「……っ……」

たがいにたがいの言葉をさえぎるように唇をふさぎあい、座ったまま抱きあって身体をつなげる。

「あ……っ……んっ……」

彼の内部は、昨日までとは違い、異様なほどの熱さでクロードの肉塊に絡みつき、激しく収斂しながら奥へ奥へと引きずりこんでいく。

そのまま彼の首筋に噛みつきたい。このどうしようもない衝動は一カ月ぶりだった。だからわかる、今日の彼は完全に発情している、と。

こちらもそうだ。煽られ、心ゆくまで希来を喰らいつくしたいと思っている。

そう固く決意して、クロードはその唇をもう一度ふさいだ。

「あ……ん……っ……ふ……」

それぞれの舌を根元から絡ませ、激しく貪っていくうちに次第に息苦しくなってきたのか、希来がクロードの腕に爪を立てる。

目を細めて外を見れば、パリの空に月が輝いていた。


「――具合はどうだ」

出かける支度をして部屋の扉を開けたとたん、甘ったるい香気が鼻腔を突く。

広々とした二間続きの奥の寝室は、窓から射すオレンジ色の黄昏によって赤く染められていた。

寝室の中央に置かれたベッドの上で、希来がバスローブ姿のまま眠っている。シャワーを浴びてきたのか、髪がまだ乾いていない。

「風邪をひくぞ」

バスタオルを手に取り、クロードはベッドに腰を下ろして、希来の上半身を抱きあげた。それだけで希来の肌から甘美な香りが噎(む)せ返るように漂う。

「……っ」

発情期のオメガの香り。異様なほど妖しくなまめいた薫香が彼からたゆたってくる。

「起きろ」

首の裏に手をまわし、彼の髪をタオルで拭うが、希来は長い睫毛を伏せたまま、くったりとクロードの胸にもたれかかっている。

（発情期の匂いがするが……もう身体の熱は治まっているようだな）

それなら起こさず、眠らせておいたほうがいいか。

クロードはできるだけ彼の髪を乾かしたあと、そっとベッドに寝かせて毛布をかけた。

その肩も腰も折れそうなほど細く、今にも消えそうな儚さだ。けれど部屋を染めた茜色の夕暮れに染まった白いまぶたや首筋は妖しい淫靡さに艶めいている。

「行ってくるからな」

そう呟き、彼のほおにキスをすると、クロードは部屋を後にした。衣服に彼の香りが移っているのがわかり、もう一度、着替え直す。

「お待ちしておりました。表にお車をご用意しております」

ドミトリーがうやうやしく近づいてくる。

車内に広がっているさわやかなライムとレモンの混ざりあったような芳香剤の香り。希来の香りとは対照的だと思いながら、クロードはパリの夜の風景を眺めた。

クロードが希来を連れてきてから一カ月が過ぎようとしていた。

ここでのクロードの仕事の基本はモンパルナスでの酒場や劇場の運営、カジノ、金貸し、それから亡命ルーシ人の世話のようなものだ。

そんな表の仕事だけでなく、麻薬や銃の密売等という裏の仕事をしているマフィアであり、このあたり一帯では、元ルーシ将校の強面として恐れられている。

（最初は生きていくための仮の仕事だったが……俺の性に合っているのかもしれない）

亡命ルーシ貴族のなかでも、クロードは一切の財産を持たずにこちらにやってきた。というのも、父が亡くなり、クロードが家督を継いだ時点で、侯爵家は没落し、蓄えも領地もない状態だったのだ。

亡命寸前にはかろうじてクロードの収入で成り立っていただけの、身分と称号以外には誇れるもののない貧乏貴族に落ちぶれていた。

だからこそ、クロードの母も妹も、他の貴族たちのように鉄道員や革命家たちを買収して安全に逃げることはできず、途中で命を失うことになったのだが。

その日、クロードは国境の前線にいたため、肉親を助けることができなかった。

革命の暴動や混乱をかいくぐり、命がけでペトログラードにもどったのは、二人が殺されて数日経ってからのことだった。

亡骸は自宅の地下に打ち捨てられていた。邸内は荒らされ火をつけられた痕跡が残っていたが、燃えていたのは一部分だけで、雨が降ったためか火事になることは免れていた。そのおかげで母の宝石箱から修道院のことが記されたメモを発見できたのだが。

ルーシ正教会の修道士たちも処刑のターゲットになっていたため、教会に葬儀を頼むこともできず、クロードは邸内にあった教会で、一人、肉親の葬儀を行って、そこに埋めた。

そのあと、収容所に行き、アルファに仕えていたベータとして逮捕されていたドミトリーたちを助け、彼らとともにパリに逃れてきたのだ。

ドミトリーを始め、アルファのところで働いていたベータの多くは、そのまま極東の地に強制労働に送りこまれることになっていたらしい。あのとき、助けた多くのベータたちは、今ではクロードの忠実な部下となっている。

「――クロードさま、ホテルに行く前に、店に寄りますか?」

ドミトリーが声をかけてきた。モンマルトルの大通りにはクロードが経営している酒場やカフェ、劇場が建っている。

「あとでいい。先にサヴォイホテルへ」

「わかりました」

楽しげに街を行く人の群れを横目に、クロードの乗った車はパリでも最上級と言われるサヴォイホテルへとむかった。

午後九時過ぎ。オペラ座から帰ってきた人々の車が一斉にサヴォイの前に集まってくる。

「皇太后さまもパーヴェルさまも、先ほど、おもどりになられました」

車から出ると、ホテルで働いている情報屋が耳打ちしてくる。

「わかった」

クロードはロビーに入って行った。何人かの顔見知りの顔があった。亡命ルーシ人でも裕福なものたちはこのサヴォイホテルを定宿にしている。

あいかわらず当時を思わせるドレスやスーツに身を包んだ貴族たち。

クロードと違い、亡命時に持ってきた遺産を切り崩して暮らしているらしい。底が尽きた者たちからここを出て行き、他の金持ちに頼ったり、クロードのところに金の無心にやってくる。

(皮肉なものだな。革命時は、俺たちを見捨てたやつらが)

クロードは心のなかで冷たく嗤いながらも、無表情でロビーを通りぬけていった。

「お客さま、どちらへ」

従業員たちはただのフランス人としてクロードに接してくる。ブラックスーツに黒いネクタイ、ラフに金色の前髪を下ろしたクロードの姿は、一見しただけでは元ルーシ貴族には見えないからだ。

「皇太后さまに用がある」

あらかじめソーニャからもらっておいたカードを取りだす。

「これは失礼いたしました。どうぞ奥へ」

ロビーの奥には他の宿泊客たちとは別の、特別なエレベーターがあり、最上階のスイートルーム以外には停まらない。

クロードは上着を腕にかけ、エレベーターに設置された鏡で前髪を整えた。

このエレベーターがむかうエリアは、特別な許可状がなければ、選ばれた高貴な客以外は入ることができない。

ソーニャは、親が決めた婚約者だったが、クロードの家が没落したときに婚約は解消され、彼女は別の貴族と結婚してしまった。しかし革命時に、夫は殺害され、ソーニャだけが無事に逃げのびた。現在、彼女は皇太后のお気に入りの女官としてこのホテルに暮らしている。

（それにしても、あいかわらずだな）

子供のころからそうだった。

凄絶な美貌と、明晰な頭脳。本人は貴族の奥様におさまるよりは、医者か法律家になりたかったらしく、クロードに対しても、妙なライバル意識を剝きだしにしてくる。

先日もそうだ。希来とじかに会いたかったのだろう、このカードと皇太后のスケジュール表をクロードの職場ではなく、わざわざ自宅に届けにいった。

　使用人のリョーバから無理やり合鍵を奪い、オメガという理由で希来を傷つけたのだ。

『ソーニャ、どうして希来にあんなことを。わざと傷つけて。目的は何だ？』

　きつい口調で尋ねたクロードに、ソーニャは楽しそうに笑いながら返した。

『皇太后さまにも報告しないといけないでしょう。どんな性格をしているのか。だから煽ったのよ、彼を傷つけるようなことを言ったら、どんな反応を示すか知りたくて』

『わざと最低の扱いをしたのか』

『皇太后さまから頼まれたのよ、どんな人間か、彼が自身をどう思っているか確かめてこいと』

『どう思っているか？』

『そう。オメガとして生まれてきたことを、彼がどんなふうに受け止めているか。だから少し意地悪したのよ。彼の覚悟を聞きたくて』

　皇太后から？　クロードは眉をひそめた。

『覚悟？　それでひどいことを口にしたのか』

『ひどくはないわ。そういうものなのよ。私の侍女にもいたわ。オメガというだけで輪姦されても泣き寝入りをするしかなく、父親のわからない子を妊娠し、自殺した女の子が。我が家で人格を尊重して育てたばかりに世間というのを知らなかったの。希来も社会についてまったく知らないみたいだけど、そういうものとして理解はしていたみたいね。とても賢い子だわ』

『ああ。哀しみも怒りもせず、それがオメガに対する扱いなのだと受け入れていた』

『かわいそうな子ね。賢くて、強くて、綺麗な心を持っているせいで。恨んだり怒ったり哀しんだりするほうがずっと楽なのに、彼は最初から感情を殺して生きている。なにかを望んだり、幸せを求めたりすることを最初から諦め、宿命を正面から受け止める覚悟をしている人間に見えたわ』

『さすがだな』

　クロードは感心した。皇太后のお気に入りだけのことはある。たったあれだけの時間で希来の本質をよく理解している。むしろクロードよりも。

『あの子、あなたが好きなのね。情婦だと言ったら、哀しそうな顔をしていたわ。オメガとしてひどい差別をしたときは静かな表情をしていたのに』

『雛鳥（ひなどり）のようなものだ。最初に修道院から連れだした相手になついているに過ぎない。赤子が母を慕うように』

『バカな男ね。それだけじゃないのに』

『バカだと？　俺が？』

『バカとしか言いようがないから、バカと言ったのよ。陸軍士官学校の成績が首席だったのは知ってるわよ。でも大したことはないわね、ただの大バカ。その鈍感さにイライラするわ』

『何だと』

『雛鳥でも母親でもないわ。そもそもあなたみたいな無骨でデリカシーのない男が……母親ってありえないから。むしろ彼のほうこそあなたにとっての聖母なのに』

　彼のほうが聖母？　驚いた目をしたクロードを見あげ、意味深に笑うと、ソーニャは手のひらでペチペチとほおを叩いてきた。

『そして、彼は我々にとってのハリストス（キリスト）になるのね。あなたは彼に十字架を背負わせようとしているのよ』

ソーニャのその言葉の意味は、クロードにははっきりとは理解できなかった。

十字架を背負わせる。ハリストスが人類の罪を背負って、ゴルゴタの丘を上ったことを指しているのだが、それがどう希来とつながるのかが。

『でもそうしたくないのなら、あなたが何とかしないとね。彼には、あなたがただ一つの光だから』

ソーニャは婉然とほほえみ、ポンとクロードの前に手のひらを差しだしてきた。

『ということで、約束の報酬、よろしく。皇太后さまに面談できるカードに、こんな素敵なオプションまでつけたんだから、ちゃんと弾んでちょうだいね』

そう言われ、約束の倍額払ったのだが、まだ彼女の言った十字架の意味はよくわかっていない。

ソーニャとの言葉を思いだしているうちに、クロードの乗ったエレベーターが最上階のスイートルームのフロアに着いた。

「久しぶりだな、クロード。例の件、俺よりも先に大叔母さまに報告か？」

廊下を進んでいくと、ちょうど奥の一つ手前の部屋から女連れで出てきたナイトガウン姿の男が声をかけてきた。

希来の又従兄のパーヴェルで、クロードに捜索の依頼をしてきた男である。

亡命に成功したあと、パリで享楽三昧の生活を送っているが、これでも希来のつがい候補の最有力者だ。長めの金髪、ブルーグレーの眸。皇族というよりは、モンパルナスで夜な夜な遊んでいる文豪や画家の雰囲気と少し似ているかもしれない。

「オメガの皇子さまとはまだ会わせてはくれないのか？」

人払いをしたあと、寝乱れた前髪をかきあげながら、パーヴェルが問いかけてくる。

「すみません、たとえ依頼主でも今は無理です」

「どんなやつだ？」

「聡明で、美しい御方です」

「そうか、それはよかった。こっそり会うのも無理か？」

「無理です。皇太后の命がおりてます。あなた方に、許可なく会わせるなと」

パーヴェルが捜索の依頼主ではあっても、希来を本物だと認めることができるのは皇太后だけである。その前にふたりを会わせたら、たとえ本物でも孫と認めないと皇太后からの伝言があった。それでは苦労が水の泡だ。すべての決定権は皇太后にある。だから真の依頼主は皇太后なのだということをまちがえてはいけない。

「では味見もできないわけか」

「いけません」

「遠くから見るのは？」

「それも難しいです。外出を禁止させているので」

「発情期があるせいか？」

「ええ」

クロードはパーヴェルから視線をずらしてうなずいた。

「他の又従兄どもとも、会わせていないだろうな」

「当然です」

「発見したときはまだ誰のつがいにもなっていなかったようだが、その後、誰かに狙われるようなことは？」

「その点はご安心を。俺が責任を持って彼の身の安全をはかっていますので」

「おまえのことだ。抜かりはないと思うが。じゃあ、ひとつだけ教えてくれ。発情したときの相手は誰に務めさせている？　発情抑制剤を飲ませているのか？　それとも応急処置用のアルファを用立てているのか？」

「……」

クロードは押し黙った。

「ということは、おまえが相手をしているのか」

それに関してもクロードは返事をしなかった。

「まあ、どっちでもいい。俺はつがいにさえできれば、その前に誰と寝ていても気にはしない。それより、どうせなら、たっぷりと教えておいてやってくれ。発情期以外にも男をどう喜ばせることができるのか」

「喜ばせること？」

「そうさ。発情期のオメガは、なかなかすごいセックスをしてくれるというのは知っているが、そいつが子供を産むまではつがいとして、俺の好きにできるということだろう？　なら、たっぷり楽しませてもらえるほうがいいじゃないか」

パーヴェルは嬉しそうにせせら笑った。

「つがいにしたあとのそいつの発情期が楽しみだな」

この言動。彼もオメガを人間と思っていないようだ。

「そういう物の言い方は」

「つがいの相手――つまり俺とのセックスだけを生きがいとする生き物になるんだろう？　最高じゃないか。なにをしても身体を発情させて受け入れてくれるんだぞ。阿片や麻薬がなくても、快楽の奴隷としてたっぷり楽しめる」

下品な男だと思った。

しかし皇太后の又甥のなかでも、最も身分の高い皇族で、もうあと二人の又甥たちに比べると、まだずっと人間らしい生活を保っている。他の二人が、時々、クロードの部下から麻薬を買っているのは知っている。借金を抱え、阿片に溺れているらしい。

皇太后の又甥のなかで、麻薬に手を出していないのはパーヴェルだけ。なら、希来のつがいとして認められるのはパーヴェル以外にない。

この男のつがいになり、子を作るのが希来の歩む道なのだ。

「とにかく、皇子を守れよ。ちゃんと俺のつがいになれるように」

「はい。責任を持って」

「そうだ、どうせなら、皇子にタンゴのステップでも教えておいてくれ。俺の相手ができるくらいに」

「メヌエットやマズルカではなく？」

「タンゴがいい。おまえの経営している酒場でも流行っているじゃないか。踊れるだろう？」

「え、ええ」

「アルゼンチンで流行っている場末の踊りをたっぷりと教えておいてくれ」

「承知しました」

クロードがうやうやしく言うと、パーヴェルはいぶかしげに問いかけてきた。

「で、おまえのその目的は？」

「目的？」

「そうだ。モンパルナスの裏の帝王として、亡命したアルファのなかでは、最も荒稼ぎし、最もこの国になじんでいる。そんな男が今さら俺の命令を受け、皇位継承者のオメガをさがしあて、皇太后のご機嫌伺いに出向こうとしている。その目的は？」

クロードはしらりと返した。

「金ですよ。それなりの報酬を約束していただいてますからね」

「亡命貴族一の金持ちとなったおまえが？」

クロードにもたれかかり、パーヴェルが顔をのぞきこんでくる。クロードは彼が口に咥えたタバコにそっと火をつけた。

「もっと金が欲しいんです」

「いや、おまえが金だけで動くとは思えん」

パーヴェルが煙を吐き出す。無表情のまま、クロードは問いかけた。

「どうしてそんなふうに？」

パーヴェルはふっとほくそ笑む。

「幼なじみの俺だからわかる。おまえになにか別の目的があることが」

「あってもあなたには関係ないことです」

「やはり復讐なのか？」

「復讐？　どうして」

「本当は……亡命ルーシ貴族を恨んでいるくせに」

「どうして」

「革命時、母親と妹が亡くなったことだ」

「今さら、そんなこと。あのときは、母や妹だけでなく、大勢の貴族が命を喪いましたよ」

クロードは静かに答えた。

「そんな話よりも、この前、貸した金の件ですが」

クロードが言うと、パーヴェルは慌ててタバコの火を消して、苦笑いした。

「ハハ、まあ、いいじゃないか。皇子の件がうまくいったら、半分はおまえのものになるんだ」

「それとこれとは別です。返済期日はとうに過ぎています」

「そんな冷たいことを言うな。賭博（とばく）ですってしまって」

「では、早くとり返したらどうですか」

「おまえのところのカジノで、また借金をして……か？」

「そうは申しておりません」

「わかった、わかった、明日にでも一発当ててやるよ」

「では、担当の者にそう伝えておきましょう」

「あいかわらず、冷たくて計算高い男だ。皇子に借金させたり、阿片を与えたりしてないだろうな」

「それは当然です。そんなことをしたら皇太后さまに殺されます」

「どんなことを言われても、表情を変えず淡々として。なにを考えているかわからないな。帝国が存続していたら、いいスパイになっただろう」

「恐れ入ります。ではこれで」

クロードはパーヴェルと別れ、皇太后の部屋へとむかった。

スイートルームのフロアのなかでもひときわ豪奢な一角である。

「クロードさま、今、皇太后さまは来客中ですので、少しこちらでお待ちいただけますか」

通されたのは、謁見(えっけん)用に用意されている部屋の手前にある応接室だった。

なにもかもがルーシのペトログラード郊外にあった夏の宮殿を思わせる内装になっていた。

壁一面の鏡、それから金色の華やかな細工の壁や目が痛くなるほどのシャンデリア。しかしルーシ正教の十字架や家族の写真、絵などは一つもない。過去を求めているのか。過去を忘れたいのか。

『——やはり復讐なのか？』

ふとパーヴェルの言葉が耳によみがえる。

クロードは上着を着なおし、鏡に映る自分の姿をじっと見つめた。

一分の隙もなさそうな風情を纏ったフランスとルーシの血を引く男。冷たそうな双眸や口元から何の情も感じられない。

（復讐……か）

誰もがそう問いかけてくる。確かにそう思われても仕方ないだろう。自分もそのつもりでいた。

だが、パーヴェルはまちがっている。

クロードが復讐したいのは、母と妹の死ではない。

確かに、あのとき、亡命貴族たちの誰一人、クロードの一家には手を差し伸べなかった。貴族社会から見捨てられたも同然の状態で殺害された。けれどそれはクロードの家だけではない。皇帝を始め、革命時に、アルファの多くが殺害されてしまった。

だからそれを恨んでいるわけではない。むしろ、トルコ方面のクリミア戦線にいて、ペトログラードを不在にしていた自分自身への怒りのほうが優っている。

もっと政情に注意を払っていたら。もっとベータたちの動きに目をむけていれば。いや、戦線に行く前に、母と妹をフランスの親族のもとに送りだしていたら……と。

(あのとき、もしこうだったら……という思い。それは俺自身の行動への後悔だけだ)

革命時のことは、自身の無力さへの慙愧の念があるものの、それよりもクロードのなかに引っかかっているのは、希来の出生のことだ。

彼は、赤ん坊のころにオメガゆえに誰にも知られていない僻地の修道院に幽閉された。

世間的には、皇子がオメガであるとは発表されず、アルファだと発表され、生きているのに、生まれてすぐに亡くなってしまったと発表されたのだ。

その後、東洋からきた姫君も産後の肥立ちが悪く、あっけなく亡くなってしまった。

そうしたことが立て続けに起き、宮廷のなかに暗殺者がいるのではないかという悪い噂がたち、外国人だったクロードの母親が真っ先に疑われてしまったのだ。体調が悪かった皇妃に代わり、皇子の世話をしていたのが原因だった。

皇帝は、皇子の死はただの風邪、皇妃の死は出産のせいだと発表したのだが、噂だけが一人歩きし、皇帝がどれだけ否定しても、社交界では母へのスパイ疑惑が膨れあがり、その後、クロードの家は没落の一途をたどることとなった。

しかし当時、士官学校にいたクロードはそのことに気づかなかった。

大臣だった父が再選しなかった理由の原因がそこにあったということも知らなかった。ただ父が政治的に失脚し、家が没落しかけているという事実以外はわかっていなかった。

社交界というものも興味がなかったし、士官学校で優秀な成績をとり、早く卒業し、自分が家の再興の手助けをするという目標に向かうことしかできなかったからだ。

そのころ、領地で農民たちが叛乱を起こし、結果的に多くの土地を失い、心労が重なって父が病で亡くなってしまったとき、ようやく事実を知った。

母のスパイ疑惑、皇子と皇妃を死なせたかもしれないという悪い噂が自分たちの没落の原因だったと。その後、士官学校を首席で卒業しながらも、他の学生よりも最初のうち出世が遅かったのも、内戦時にクリミア方面の遠方に派遣されることになったのもそれが原因だった。

革命時に母と妹が見捨てられたのもそうだ。

(パーヴェルはわかっていない。母と妹が革命で死んだこと、それ自体を恨んだりしていない)

クロードが憎んでいるのは、もっと別のことだ。

生きている皇子をオメガゆえに死んだとし、幽閉していた事実。それを隠すため、結果的に母が犠牲になってしまったことも含めて、もっと別のことに、クロードはやりきれない怒りを覚えているのだ。

(そんな小さなことではなく、もっと大きなものに対して)

クロードはポケットから聖ミハイルのイコンを取りだした。希来がくれたものだった。

『聖ミハイルです』

どうしてこんなものをもらってしまったのか。今さら宗教などどうだっていいのに。ただあのとき、あまりにもまっすぐな眼差しで、聖ミハイルに守られている気がして……と彼が言った顔が愛らしくて、ついもらってしまったのだ。

（あいつがオメガでなければ……俺はあいつに仕えていた。本当に聖ミハイルのように彼がオメガでさえなければ、母もあのまま女官を務めていただろう。家が没落することもなく、革命のときも見捨てられることはなかったかもしれない）

そんな思いがあり、実際に希来に会ってみるまで、自分が彼に対してどんな感情を抱くのかわからなかった。憎しみを感じ、殺してやりたいと思うのか。復讐の対象としてめちゃくちゃにしてやりたいと思うのか。それとも――。

そんなことを考えているうちに、皇太后の部屋の扉が開き、見覚えのある紳士が出てきた。かつて宮廷の大臣を務めていた男で、クロードが幼いころは父と懇意の仲だった。来客とは彼のことだったのか。

「おや、クロードじゃないか。こんなところできみに会うとはな」

「お久しぶりです、大臣閣下」

大嫌いな男だが、笑みを浮かべる。

「すっかりいい男になって。ところで、モンマルトルのあたりでずいぶん稼いでいるそうじゃないか。今度、少し金を用立ててくれないか」

「承知しました。では、その件は、こちらにご連絡を」

クロードは静かな態度で名刺を渡した。

（ありがたい、こうして次々と罠にかかってくれる）

金か麻薬か。亡命貴族たちが次々とクロードのところに群がってくる。阿片を売って身を滅ぼさせるか、あるいは高利で金を貸して破滅に追いこむか。

クロードは内心でほくそ笑み、皇太后の部屋へと入っていった。

「聞こえていたわ、クロード。ここで商売の話をするなら、出入りを禁止にいたします」

窓辺にいたすらりとした長身の女性が居丈高に声をかけてくる。

皇太后ナタリアだった。黒いヴェール、黒いドレス。彼女は人前に出るとき、絶対に黒以外を着ようとはしない。喪に服しているのだ。

「これは皇太后さま。失礼をいたしました」

跪き、黒いレースの手袋で覆われた皇太后の手にくちづけする。

「荒稼ぎをするのはけっこうだけれど、ルーシの亡命貴族の一員、アルファとしての誇りを失ったと評判になっていますよ」

「そんなものは生きていく上で必要はありませんので」

きっぱりと言い切るクロードに、皇太后はクスクスと笑った。

「いいわね、おまえのそういうところは嫌いじゃないわ。なにが目的で、なにを考えているのかがさっぱりわからないけれど……他のアルファと違ってとても魅力的ですよ」

「恐れ入ります」

なにを考えているかわからないのは彼女も同じだ。孫と会いたいのか、会いたくないのかがわからない。

「美男すぎるところが欠点だけれど、やはりおまえが最適のようですね」

まじまじとクロードを見つめ、皇太后はうっすらと微笑する。

「最適とは?」

「皇子候補の子の教育係ですよ。ソーニャも言っていたわ、クロードほど最適な人物はいないと」

「どうして俺が最適なんですか」

「私に媚びないからよ。私だけじゃないわ、あなたは神にも媚びない男です」

「媚びていますよ、あなたに。さっき、パーヴェルからもそう言われました」

「媚びている人間は、正直に媚びているとは言わないものですよ。あなたは皇子候補にも無礼な態度をとっているようね」

「最初にまちがえました。初めて会ったときに、時間がなかったので、かなり強引に連れだしました。そのとき、つい命令口調で話しかけてしまったために」

「いいのよ、それで。どうせオメガなのですから、財産欲しさに皇子に媚びを売るようなアルファが教育係では問題があるのよ。現実をしっかりと教えこめる相手でないと」

ソーニャの言っていたとおりだ。皇太后は希来にオメガとしての覚悟を求めている。

「それならご安心ください。とても聡明なお方です。俺が教えこむまでもなく、自分が何者か、どう生きなければいけないのか、きちんとご理解され、受け入れていらっしゃいます。そして役目を果たすことに対しても前向きに受けとめていらっしゃいます」

「ソーニャからも報告を受けています。ずいぶん性格のよい人物のようね」

「はい、今まで出会ったことがないほど」

そう答えながら、だから歯痒いのだと思った。

希来が出生を呪い、皇太后や皇帝一家の人間を少しでも憎いと思っていたら、彼を利用することに迷いもなかっただろう。だが、何なのだ、あのオメガの皇子は――。

「クロード、とにかく私に紹介するまでに、その人間がきちんとこの世界で生きていけるよう、しっかりと社会性を身につけさせて。ルーシの亡命貴族たちは魑魅魍魎のような存在です、パーヴェルたちもふくめて。彼らにつけいられることのないように」

ルーシの亡命貴族たちの間で、きちんと生きていけるように――か。

皇太后は希来が本物だとわかっているはずだ。だが直接会い、人柄を確かめるまでは認めないと言う。しかもそれまで絶対に誰のつがいにもするなと厳しく言っていた。パーヴェルたちに彼を利用されたくないからという理由のようだが、どうにもまどろっこしくて、逆に訝しく感じた。

他になにか別の理由があるのではないか。誰にも知られたくないことがあるのではないかと。

その数日後、彼の発情期が終わったのを確認すると、外出しないかと誘った。

「嬉しいです、どこに連れていってくれるのですか」

「ルーシ正教の教会へ。行きたいと言っていただろう」

「ええ、修道士である以上、教会からは離れたくありません」

「ただし、もう修道士として教会で生活することはできないぞ」

「わかっています」

「外にいるときはフランス語で会話をする。勉強になるだろう」

「はい」

「あと、これはおまえの財布だ。なかにいくらか入っている。それで欲しいものを買うんだ」

黒い巾着袋に幾らかの金を入れて手渡す。貨幣がどのようなものかも彼はパリにくるまで知らなかった。一応、使えるように、リョーバとドミトリーとクロードとで、買い物の真似事をして、彼に貨幣の扱いを教えたので、今日はその実践訓練もさせようと考えていた。

「街のなかで買い物をしていいんですね」

「ああ。できれば、露店や小さな店がいいだろう。なにか欲しいものは？」

問いかけると、希来は小首をかしげたあと、にこやかに微笑した。

「花が欲しいです」

「花？」

「そう、真っ白な花。クロードさんのお部屋は殺風景だから、白い花を飾って明るくしたいんです。アパルトマン中を白い花で飾りましょう」

「バカ、そこにはそこまでの金は入ってないぞ」

「じゃあ、買えるだけでいいです」

「ではまず花屋で買い物を実践し、それからフランス料理でも食べに行くか」

「フランス料理？」

「この国の料理だ。ルーシのものとはかなり違う」

「それは楽しみです」

修道服姿の希来に正教会の黒い帽子をかぶせ、クロードは彼とともにパリの街に出た。

「すごいですね。こんなにたくさん人がいるところ、初めてです」

街に出たとたん、希来は目を輝かせた。まだフランス語の勉強を始めて少しなのに、かなり上達している。二人の背後からは、護衛として一定の距離を保ってドミトリーがついてきていた。といっても、彼には、希来がもしスリ等にあったとしても、希来の身に危険がない限りは静観しろと伝えてある。そうしたアクシデントも希来に経験させようと思っていたからだ。

「あれは何ですか？　あのひときわ大きな建物は」

「エッフェル塔のことか？」

「エッフェル塔というのですか？」

「そうだ」

「何のための建物ですか？」

「さあ」

「さあって……クロードさんは興味のないことは本当になにも知らないんですね」

「悪かったな」

「いいですよ、そういうところも楽しいですから」

嬉しそうな希来の笑顔を初夏の陽射しがきらきらと輝かせている。

出会ったときは、磁器のようになめらかな肌やみずみずしい風情、清楚な美貌を愛らしく感じていたが、少しずつ不思議なほどの妖しさや艶っぽさがにじむようになってきた。

風に揺れる飴色の髪、はらりとはためく修道服の裾。身体のラインがくっきりとした修道服のせいか、風が吹くたび、こんなにも美しく色っぽく見える聖職者がこの世にいていいのかという思いが湧いてくる。

すでに発情は終わっているようだったが、『まだ少し』と彼が言うので、朝から貪るように求めてしまった。

オメガの発情に煽られているアルファ。オメガの発情を応急処置として義務的に抑えている。

もはやそんないいわけは通用しないほど、このところ、クロードは希来を求め続けている。

触れるたび、クロードの肌に狂おしく吸いついてくるように感じる希来の皮膚。そのなやましさにたまらなくなってきている。

このごろは普段でさえ、ハッとするような魅惑的な表情を見せるようになってきた。

今もそうだ。彼が笑顔で道を歩いているだけで、誰もがその愛らしさ、きらきらとした表情の眩さ、幸せそうな美しさに目を奪われてしまっている。

「綺麗な神父さんね。すごく可愛いくて綺麗。どこの教会の神父さんかしら」

「本当に素敵。あの人のいる教会に行きたいわ」

「いいな、あの神父。彼に懺悔を聞いてもらったら、天国に行けそうだ」

そんなふうな街の人々の声がクロードの耳に入ってくる。それがどうにも腹立たしくなり、クロードは苛立ちを感じて、さっと希来の手首をつかんだ。

「早く行くぞ」

思わずルーシ語でそう言っていた。

「聖職者の格好をしているんだ。バカみたいに笑うな」

「すみません」

「謝るな」

「は、はい」

「以前に言っただろう、俺以外の前では笑うなと」

だめだ、フランス語で話す気分にはなれない。この男と自分との会話を周囲の人間に聞かれたくもないし、理解されたくもない。

「そうでした、でないとバカだと思われるのでしたね」

「そうだ」

クロードは希来の手を離した。バカは俺のほうだ。きらきらと輝いている彼をまわりの人間が褒めただけでこんなにも苛々してしまうなんて。

（俺のものじゃないのに。この男はパーヴェルのつがいになる運命なのに）

それなのに、どうしようもない独占欲のようなものが湧いてきて、クロードは自分でどうしていいかわからなくなっている。

「ところで、どうして道端で楽器を演奏している人がいるのですか」

希来が視線をむけたのは、路上で手風琴（アコーディオン）やヴァイオリン、それから笛などを演奏して金を稼いでいる辻音楽師だった。

「彼らの音楽に感動したときに、あの前に置かれた箱に金を入れるんだ。リクエストをしてもいい。自分の好きな音楽を演奏してもらっても」

「ルーシの音楽も演奏してくれますか？」

「さあな。いや、ああ、あの男なら演奏できるだろう。あいつが持っているのはルーシの楽器だ」

セーヌの川べりで、バラライカを演奏している男がいた。

「音楽にお金を払ってもいいですか」

「ああ、聴きたいなら」

「じゃあ、あの方にルーシで一番有名な曲を頼んでみます」

希来が巾着袋から紙幣を取りだそうとしていることに気づき、とっさにクロードは止めた。

「待て。出し過ぎだ」

「え……」

「その硬貨一枚で十分だ」

「でも、あの前に置かれた箱には、紙幣が何枚も入っていますよ」

「あれは、おとりだ。おまえみたいな無知な客から大金をせしめるため、ああやって、紙幣が投げこまれているように体裁を整えているだけで。たいていは硬貨だけだ」

「そんなお金の集め方があるんですか。あの演奏者のかた、ずいぶん賢いですね」

賢いのではない、普通だ、おまえが無知なだけだ……と言いかけ、やめた。

皇太后から世間のことをしっかり教えて欲しいと頼まれたが、いっそこのまま無知でいさせてもいいのではないか――という思いがクロードの胸をよぎる。

彼はなにも知らないから綺麗なのだ。何の穢れもないから、素直で、みずみずしく、そしてこんなにも輝いているのだ。

その彼が汚れた世のなかのことを知り、少しずつ世間ずれしていくのは見たくない。

今の綺麗で無垢な天使のままでいて欲しい。そんな思いが胸をよぎったときだった。いきなり三人の男の子供たちが希来にドンっとぶつかってきた。見るからに貧しそうな身なりをしている。

「あ……っ」

希来の手から巾着袋がぽとりと地面に落ち、子供たちがすかさずそれを奪おうとする。

「待って、それはだめです！」

希来はとっさに子供の一人の手をつかんだ。十歳くらいの男の子だ。その子が反動でパタンと地面に転んでしまう。

「うわっ……」

あわてて希来は彼を抱き起こした。

「ごめん、怪我はない？」

「う、うん」

「だめだよ、人のものを盗んだら」

「だって……ママが病気で……それに僕たち兄弟、ずっとお腹がすいていて」

子供は泣きそうな顔で希来に言った。二人の仲間は逃げて壁のむこうからその様子を眺めている。

「ママが病気なの？」

「うん、だからお金ちょうだい、お願い、神父さん」

子供は希来の腕を摑み、何度も揺すった。殆ど風呂に入ったこともないのだろう。子供が触れた希来の修道服は薄汚れてしまっている。

「だめなんだ。これはぼくのお金じゃないから返して。そこのお兄さんのお金なんだ。だからぼくが自由にはできないんだ」

希来がちらりとクロードを見る。クロードは息をつき、その子供の前に立った。長身で強面のクロードを見上げたとたん、子供の顔が青ざめていく。

「母親が病気というのは本当なのか?」

低い声で問いかけると、子供は両目から涙を流し、大きく首を左右に振った。

「最低のガキだな。修道士に嘘をついて悪さしようなんて。地獄に落ちるぞ」

クロードの言葉に、子供は眸に大粒の涙をため、「うわーん」と声をあげて泣きながら、そのまま失禁してしまった。抱きあげている希来の修道服まで濡れている。

「なにやってんだ、こいつ、よくも」

「待って、クロードさん。いいですよ、それよりよかったじゃないですか、病気のママがいないのならそれはそれで」

「希来……おまえはこいつにだまされたんだぞ。人のよさそうな修道士に嘘をついて、同情させて、金をもらおうだなんて、ずる賢いガキだ」

「でも、それだけお金が必要だったってことですよね。それにお腹がすいているっていうのは本当ですよ、さっきから、この子のお腹がぐーぐー鳴っていますから」

心の底から子供のことを案じている希来に、クロードはやれやれと肩をすくめた。

「このあたりの路上生活をしているガキなら、たいてい腹をすかせている。戦争で両親を亡くした孤児たちだろう。マフィアか、ならず者のところに身をよせ、ガキのときはスリ、大人になったら強盗、売春、それから麻薬の密売あたりに手を染めていくようなやつらだ」

「戦争……。では、ぼくと同じですね」

希来は眸を曇らせ、その子をぎゅっと抱きしめた。ぽろりと涙を流した希来の腕に包まれ、子供は驚いたように目を見はっている。

「ごめんね、この袋の中身はあげられないんだ。でもこっちのお金はあげる」

希来は硬貨を一枚とりだして、その子に差し出した。

「くれるの？」

「うん。あの音楽家のひとに渡して、音楽を演奏してもらおうと思っていたんだけど、それよりもきみにあげるよ」

「音楽って、どうして」

「故郷の音楽が聴きたかったんだ」

「神父さん、外国の人なの？」

「うん、ルーシっていう国から来たんだよ。でも一度も故郷の音楽を聴いたことがなかったんだ。教会から出たことがなくて、あの楽器を見るのも初めてで。だからルーシの楽器を弾いてる人にルーシの曲を聴かせて欲しいと思って」

「なのに、ぼくにくれるの？」

「いいよ。これで、ご飯……食べられるよね？」

「食べられる。みんなの分のパンも」

「良かった、じゃあ、もらって」

「本当に？　でも必要なんじゃ」

「いいんだよ、ぼくよりもきみたちのパンのほうが大事なんだから。ね、だからもらって」

美しい笑みを浮かべて希来が言う。泥や小水で修道服を汚されても気にせず、祈るように子供の肩を抱きよせながら、その手に硬貨を入れようとしている。

（仕方ない、手助けしてやるか）

クロードはポケットから紙幣と名刺をとりだそうとした。

この金でなにかを食べ、カードを持って、モンマルトルのカフェに行けと。クロードが経営しているそのカフェで、下働きの仕事かなにかをさせるように指示しようと思ったそのときだった。

「あ、そうだ、それから、これもあげるよ。ぼくが作ったものだけど、けっこう綺麗にできているから、どこかで売れるかもしれないよ」

希来はハッと思いだしたようにポケットから十枚近い小さな木片のイコンをとりだした。

「これ……」

「この聖ミハイルはダメだけど、残りは全部あげるよ。これが聖母マリアさま、こちらがハリストスの誕生。ぼくが作ったイコンなんだ。きみにあげる」

やわらかくほほえんで言う希来の様子を、道を歩く人たちが足を止めて眺めている。

「ありがとう。あの、でも、何でこれまで国からも教会からも出たことがなかったの？」

「ああ、それはぼくがオメガで……」

バカ正直に希来が自分は『オメガ』だと名乗った瞬間、子供の顔がひきつる。

「オメガ……神父さんオメガなの？」

「そうだよ」

希来が笑顔でうなずくと、彼らの様子に視線をむけていたまわりの大人たちがざわめき始めた。それまで好意的に見ていた人々が一斉に不快そうな顔をむけている。

(すさまじいな……オメガというだけで)

子供がパンっと希来を突き飛ばす。

「触るなっ、オメガ菌が移るじゃないかっ！　ぼくまでオメガになっちゃうじゃないか」

「待って、オメガは生まれつきのものだから移ったりしないよ」

「嘘だ、移るよっ。こんなのいらないっ！」

子供は硬貨だけ握りしめ、希来からもらったイコンを思い切り投げつけた。希来の額やほおをかすめ、一枚だけ風に煽られ、セーヌ川に落ちていく。

「……っ」

そのまま子供はどこかに姿を消した。

額やほおにかすかな傷ができた希来の横にひざをつき、クロードは肩に手をかけた。

「大丈夫か」

「あ、はい、大丈夫です。オメガは菌じゃないのに、困った誤解をしていますね」

なにも気にしていなそうな希来の様子に、クロードは内心で首をかしげた。

平気なのか？　あんなことをされて本当に何の動揺もないのか？

いぶかしげに彼の様子を見ながら、ハンカチを出して、彼のひたいとほおの血をぬぐおうとしたが、希来は笑顔のままハンカチを断った。

「ありがとうございます。あの、それより、これ、持っていていただけますか」

立ちあがり、希来はその場にあったイコンをクロードに渡した。

「ぼくは、あれをひろってきます。大事なものなんです」

希来はセーヌ川に飛び降りた。

「希来っ！」

水しぶきとともに落ちた希来の姿に、まわりの人間たちが驚いて川辺に駆けよってくる。手を伸ばしてイコンを拾おうとするが、川になど入ったことがないのだろう、希来はたちまち川の流れに呑まれそうになってしまった。

「希来っ、だめだ、もがくな」

「クロードさま、私が」

護衛がわりに背後に控えていたドミトリーが前に出てくる。

「いや、俺が行く。おまえは車の用意を」

ドミトリーを止め、上着を脱いでクロードはセーヌ川に飛びこむと、彼を抱きよせ、イコンを手にして、川べりへともどっていった。

「……っ……ありがとう……ございます」

「バカか、おまえは。泳いだこともないくせに、川に飛びこんだりして」

びしょ濡れになった希来に、クロードはさっき脱いだ自分の上着をかけた。

「聖母を守りたかったのです。ぼくは母親を知らないから、代わりにと思ってこれを作って。ぼくの母親のようなものなんです」

まだ泳ぐには早い季節だ。希来は青い顔をしてぶるぶると震えながらも、手のなかの聖母像を嬉しそうに見つめた。さすがにオメガだということで不愉快そうに見ていた人々もさっきまでと違って心配そうに希来の様子をうかがっていた。

「バカ野郎、そんな大切なものなら、他人にやろうとするな」

「だからです。あの子も戦争で家族を亡くしたと言っていたから。ぼくはあなたにお世話になっていますが、彼は守ってくれる人がいない。だからせめて聖母をと思って」

ずっと優しげな笑顔を浮かべたままだが、希来の眸が濡れていることにクロードは気づいた。川に飛びこんで濡れているために、涙なのか水なのかわからないが、おそらく前者だろう。

「でもそれはぼくの押しつけだったのかな」

本当にバカな男だと思った。自分が母親のように大切に思っているものを与え、それをオメガゆえにいらないと捨てられたのに。菌が移るとひどい言い方をしながらも、結局、あの子供は硬貨だけは持っていった。

あとで、部下にさがしださせて、あの子もその仲間もまとめて、躾に厳しくて有名な修道院附属の孤児院に押しこんでやる——と思いながらも、あんな最低の子供のために、希来が傷ついていることがクロードには許せなかった。

「おまえが落ちこむ必要はない。あのガキの性根が腐っているだけだ」

クロードは冷たく言い放った。

長身で強面の男がフランス語ではない言葉で怒りをあらわにする姿は、まわりに威圧感を与えているのだろう。行きかう人々がクロードを怯えたような目で見ている。

「いえ、あれが世間の反応ですから。うっかりしていました。子供だからまだ差別されないかもと、正直に口にしていました。もしかしたら、オメガをよく思ってもらいたくて口にしたのかもしれません。そんな甘い考えがあったことを反省しています」

淡々と静かに、しかし笑顔を見せている希来が無性に腹立たしかった。

「そうだ、反省しろ。バカなことばかりして、思いやりをかけたりして、それなのに、結局、自分が損をして、それでもヘラヘラ笑って……そういう己の愚かさに対して反省しろ」

「すみません」

「俺に謝るな。それよりそんなに大切なイコンならしまっておけ。二度と手放そうとするな」

クロードは語気を荒立てていた。自分がなにに怒りを感じているのかわからない。

あの子供か、まわりの反応か、それとも希来に対してか、自分に対してか。それともこのどうしようもない不条理な世界に対してか。

そのとき、ふと雑踏のなかの囁きが聞こえてきた。

「あの神父さん、かわいそうね。いい人みたいなのに、オメガに生まれたばかりに」

「あんなに綺麗なのに、オメガだというばかりにもったいない。本人も哀しんでいるでしょうね」

「呪いたくなるでしょうね、人生を」

彼らの言葉が聞こえたのだろう、希来は少し苦笑いした。

「かわいそう、もったいない……ですか」

ひとりごとのようにぽつりと呟いたあと、希来が真顔で問いかけてくる。ルーシ語で。

「クロードさん、ぼくの人生は……そんなにかわいそうなのですか？　ぼくは自分の人生をもったいなく思って、哀しまないといけないんでしょうか。呪うべきですか？」

「……おまえは……そう思っているのか？」

希来は「いえ」といつもの天使のような笑顔でかぶりを振った。

「不思議に思っています」

「不思議？」

眉をひそめると、希来がこくりとうなずく。

「自分でどうすることもできないことにどうして哀しまないといけないのか、ぼくにはわかりません。呪う気もありません。だからどうしてまわりからかわいそうだと言われるのか不思議で」

希来の言葉に、ふっとクロードは冷笑を見せた。

「……強いな」

「え……」

「いや、ただ」

「ただ？」

「おまえは強い。おまえが帝国を継ぐべきだった。いや、これからもおまえこそ……」

そう言いかけ、ソーニャの言葉を思い出し、クロードは言葉を止めた。十字架を背負わせるつもりなのか、と言っていた言葉を。

「あの、それはどういう……」

希来が問いかけてきたそのときだった。車が近づき、運転席からドミトリーが声をかけてくる。

「クロードさま、お車のご用意ができました」

「今日は帰ろう。まずは着替えないと。そのままだと風邪をひく」

「え、ええ。クロードさんも」

立ちあがり、希来はポケットに手を入れた。

「あ……っ」

クロードの上着のポケットに入っていた聖ミハイルのイコンに気づき、それを手にとって希来は驚いたような顔で見あげてきた。

「これ……持っていてくださったのですか」

「俺の守護聖人だ。守護してもらうため、持ち歩いてなにが悪い」

「別に悪いとは……あ、いえ……ありがとうございます」

「礼を言うな」

「はい、すみません」

「だから謝るな。早く車に乗るんだ」

細い肩を抱きよせ、クロードは車の後部座席に希来を押しこんだ。自分もそのまま乗りこんでドアを閉める。

「これを」

ドミトリーが運転席からふり返って、タオルを差し出してきた。クロードはそれで希来の髪をクシャクシャと拭いてやった。

「ありがとうございます。あの、あなたも髪を」

笑顔で言う希来をクロードは残念な気持ちで見た。皇太子だったのに。オメガでなければ、この男が真の後継者だったのに。なのに、自分の出生も家族のことも知らず、あんなところで一人で。

「俺はいい。それよりちゃんと乾かすんだ」

希来にタオルを渡して、クロードはついと窓の外に視線を向けた。

希来が皇帝の後継者だったらよかったのに。そう思う自分に無性に苛立ちを感じた。

彼こそ、本当は皇帝にふさわしい男だったのではないかと思う。

帝国の莫大な財産は希来のものになるべきだ、他の誰かのものになれば悪用される、私欲によって無駄に使われてしまうだろう。

皇太后は、だから希来の又従兄たちには絶対に譲ろうとはしないのだ。

きっと皇太后は、希来に会ったら、すぐに孫だと認める。そしてこの男こそ、財産を管理するのにふさわしい人格の持ち主だと気づくはずだ。

しかしそのことにクロードはどうしようもない苛立ちを感じるのだ。いっそ皇太后が孫だと認めなければいいのに、と。

孫だと認め、希来の子に全財産を相続させる書類を作成してしまったら、希来は、パーヴェルかそれ以外の又従兄二人、その誰かのつがいにならなければならないのだ。

アルファに生まれたというだけで、希来とは比べものにもならないほどの、凡庸で、強欲で、愚鈍な男たちのつがいに……。

そうだ、自分ではなく、別のアルファのものにならなければならないのだ。

希来も覚悟をしているし、そうなれば彼には祖母と又従兄ができる。子だってできる。パーヴェルがどれほど愚か者でも、管理人としての権利は希来にある。彼が管理するのであれば、ルーシの財産は無駄なことに使われず、社会のためにもなるだろう。

それはわかっている。それが一番いいことだということも。

ただそのことがクロードにはやりきれなく思えるのだ。身体の中心から切り裂かれていくような、激しい胸の痛みとともに。

6 アルファの欲望

「もうすぐパリ祭だ。そのあと、皇太后さまの誕生日がある。ここでの生活もそれまでだ」

もうすぐ――と言われ、希来はついにきたかと息を呑んだ。

多分、その前後に発情期がくるとは思うけれど、相手がクロードになるのか、あるいは新しくパーヴェルとつがいの契約を行なって、彼のものになるのか今はまだわからない。

どちらになるかわからないが、クロードとのこの幸せな生活ももうあと少しで終わりだと思うと、淋しさに胸が切り裂かれそうだ。

当然のように覚悟はしていたし、期間限定の関係だからこそ、その間、精一杯、彼を好きでいよう、好きな相手と一緒にいられる幸せを噛みしめようと思ってきた。

その一方で、このところクロードのことが心配になってきていた。

クロードはどんな仕事をしているのか知らないが、時々、かすり傷程度だが怪我をしたり、誰かと格闘したかのように衣服が変に裂けていたりすることがある。

ドミトリーやリョーバの話では、たまに亡命ルーシ人がクロードを恨んでひどいことを仕掛けてくるときがあるとか。事務所への空巣や強盗、従業員へのいやがらせや爆発物等……。

クロードは亡命貴族たちに多額の金を貸しているが、借金返済で首がまわらなくなった相手がクロードに暴行を加えようとしたり、下手をすれば暗殺しようとしたりすることもあるらしい。

『完全な逆恨みです。まもとに働かず、亡命した立場だということを忘れ、その日その日を享楽的に暮らし、クロードさまから金を借りて……。でもいざ、返すときになると騒ぎ立てるんですよ。それに、あなたを使って、皇太后の財産を狙っているという噂も流れていて』

ドミトリーはそんなふうに言っていた。

亡命貴族たちと違い、過去の栄光にはすがらず、クロードは新しい場所で自分の力で働いているだけなのに。

(なにか……彼を助けられることはあるだろうか)

ここを出るときにクロードに渡そうと思っていたイコンの板に聖母子の絵を描きながら、希来は、この先、彼を守るためにも自分が後継者になるべきだという覚悟を深めていた。

莫大なルーシ帝国の財産。

最初の約束通り、その半分をクロードに渡し、残りは自分が管理し、皇太后に相談しながらルーシの亡命貴族たちがこの世界で生きていくために使っていく。

自分の子がその相続人となるのなら、その子がきちんと亡命社会で貴族たちを統括していくことができるように。

そんなふうに思いながらイコンを描いていると、仕事からクロードが帰ってきた。

「お帰りなさい、夕飯を」

今夜は夕飯のあと、ダンスを教わることになっていた。イコンをしまって、ダイニングに行くと、がたっ……と音を立てて、けだるそうにクロードがソファに腰を下ろしていた。

疲れたような顔をしている。左側の口元に少し殴られたようなあとが残っていた。

「また……亡命貴族から嫌がらせをされたのですか」

夕飯を並べながら問いかけると、クロードは目を細めて希来を見あげた。

「いつものことだ」

「怪我の手当てをしないと」

そっとそのほおに手を伸ばすと、クロードは希来の手首をつかみ、手の甲にキスしてきた。

「……クロードさん」

驚いて引っこめかけた手を反対に強く引きよせ、そこにほおをあずけてくる。どうしたのだろう。訊きたい。だがこういうときはただ寄りそうだけのほうがいい気がして、希来はじっとしていた。

「少しこのままで。綺麗なものに触れていたい」

希来の腰を抱きよせ、胸に頭をあずけてくる。綺麗なもの？　意味がわからなかったが、希来はこみあげてくる気持ちのまま、クロードの頭を抱きしめ、そっとその髪を撫でた。

今、自分が描いている聖母子のイコンの、聖母が生まれたばかりのハリストスの髪を撫でているその絵のように。優しく愛をこめて。感謝とともに。

「こうしていると、清らかになっていく。おまえは透明なルーシの水のようだ」

窓の外には、モンマルトルの華やかなネオンが煌めいている。極彩色の虹色のライトや、飲んだり歌ったりしている人々の喧騒。けれどどういうわけか、クロードに触れていると、ルーシの大草原を思いだす。二人で馬に乗って眺めたこれ以上ないほど美しい大地。

あのときからまだ三カ月しか経っていない。けれどもっと時間がすぎてしまったような気がする。

「いつか……もどれるでしょうか」

「いつか?」

クロードが視線を上げる。はらりと落ちた前髪。その向こうから見あげてくる眸はいつもと同じ、無機質でクールな色だ。けれど見ているだけで胸の奥が甘く疼く。希来は視先をずらした。

「あ、いえ……それより夕飯を」

「その前に踊るぞ。ダンスのレッスンが途中だっただろう」

「え、ええ。今夜は何の踊りを?」

「今日はタンゴだ。アルゼンチンの」

「ああ、パーヴェルさまのリクエストでしたね」

「あいつとは……別に踊らなくてもいい。俺以外とは踊るな」

「え……でも、では何のためのレッスンに……」

「いいから。あんなやつのことは今は忘れて、レッスンに集中しろ」

「え……ええ」

クロードのたくましい腕に腰を抱きこまれ、希来は左手を彼の肩に添えた。

クロードからふっとライムやシトラスのような柑橘系の匂いが漂う。

いつも黒いスーツ、黒いシャツ、そして黒いズボンに、黒い手袋をしているストイックな雰囲気の彼から、こうして漂ってくるほのかな香りに、発情期でなくても身体が発情してしまいそうな錯覚が起こる。それを希来は密かに心の発情期と呼び、『発情しているから』と言ってクロードの腕に抱かれている。この三カ月、どれほど身体をつないだかわからない。つがいではないのに、心も身体も彼との行為を求めてどうしようもない。

「……っ……あなたは、普段も誰かとこうして踊るのですか」

「ああ」

クロードは形のいい靴を床にすべらせ、希来のひざに足を絡めてきた。ぐいっと腰を引きよせられ、密着する胸や腹部、股間、絡みあっている足の感覚にドキドキしてしまう。

ルーシ正教の修道士である以上、日常的に修道服を着ているのだが、ダンスを踊るとドレスのように裾が揺れる。

それで自分の軸がぶれているかぶれていないかがわかるのでちょうどいいのだが、今夜はいつになく足の付け根のあたりまで裾がまくれあがっていた。

「誰と……踊っているのですか」

「仕事相手と」

「だから上手なんですね」

「そうだ、だがおまえと一緒に踊るのが一番しっくりと身体になじむ」

クロードの唇から出るルーシ訛りのフランス語がタンゴの官能的な旋律によくあうように感じるのはどうしてだろう。

二人のシルエットが部屋の壁に刻まれる。希来は一七二センチほどなのだが、クロードは一八五センチくらいだろうか。

「もう少しぼくも身長が伸びればよかったのに」

「おまえはそれくらいのほうがいいんだよ。美貌でも、大男同士のダンスは不気味だ」

クロードの言葉に希来はくすっと笑った。

「あ、でも美貌って、ぼくが？」

「綺麗な風貌をしている。絵画のようだ。パリにきて、日々綺麗になっている」

「あなたの教育が立派だからですよ」

「口も上手くなったな」

たがいの息が触れあいそうな至近距離で凝視されるのは、苦手だ。身体をつないでいるときよりもなぜかダンスのときのほうが慣れなくて視先のやり場に困ってしまう。

最初のころは平気だったのに。けれど日々、こうした時間を重ねるごとに少しずつ恥ずかしさを感じてしまうようになってきている。

彼の視線を浴びている皮膚が張りつめ、鼓動の音が聞こえてしまいそうで怖くなってくるのだ。

だからといって、こうして踊る貴重な時間が好きではないわけではない。

できればずっとこうしていたい。本当は緊張で息苦しいのだが、それでも彼の腕に抱かれてぬくもりを感じていると、これ以上ないほどの至福に包まれる。

このひとが好きだ。このひとのなにもかもに恋をしている。それ以外のものはなにもいらない。それだけが欲しい。

あなたが好きです、ぼくをずっとそばにおいて、ぼくと契約して、ぼくにあなたの子をください。だから、どうかぼくをパーヴェルのものにしないで……と、言うことはできない。

けれど思うだけなら自由だから、こうしているとき、心のなかでそっと語りかける。今にもあふれそうになる狂おしい気持ちを押し包みながら。

そうして一曲踊り終えたときだった。

窓の外がひときわ明るくなった。続いて、耳に響くような音。ハッとして見れば、花火があがっていた。大きな音とともに美しい夜の花火が。

「花火か。来週のパリ祭まで、毎晩、花火があがるだろう」

窓辺にたたずみ、クロードが目を細める。

パリ祭。その言葉に、希来はたまらなくなってクロードの背に抱きついた。

「どうした……まだ発情期ではないだろう？」

「怖くて」

「怖い？」

ふりむき、クロードは希来を見下ろした。

「なにが怖いんだ」

なにが怖い……。

怖い、それはパリ祭の日がくることです。その翌日、皇太后に会うことです。そして、あなたと離れて暮らしていく未来です。あなたと一緒にいられない時間です。

なによりもあなた以外のアルファと契約し、そのひとの子供を作らないといけないことです。

そう言いたかった。けれど言ったところで、どうにかなることではない。なにより自分がここにいるのは、その目的のためなのだから。

（だめだ、今、こんなにも幸せなんだから……これ以上、欲張ってはいけない。ぼくがすべきこと、ぼくが求めているのは……このひとの幸せなんだから）

希来はクロードの唇の傷痕に手を伸ばした。

そうだ、自分の未来よりももっと怖いのは、このひとがこんなふうに誰かに傷つけられたり、命を狙われたりするような可能性があることだ。

金欲しさに、このひとを襲ったり、狙ったりするルーシの貴族たち。

絶対に許せない。守りたい。このひとを守る。パリの亡命社会のトップに立って、この人を守っていく。自分にはそれができるのだから。そうだ、自分はそれができる。そのことを喜ぼう。

希来は自分のなかで覚悟を決めなおし、クロードに笑顔をむけた。

「すみません……怖いので……今夜は一緒にいてください」

「だからなにが怖いんだ」

「花火が」

思わずそんなことを口にしていた。

「花火が怖い……だと？」

「ルーシには……花火がなかったから。音も光も怖いです」

怖くない。本当は花火なんて。花火の終わる夜のほうが怖い。パリ祭が終わる夜が。

「では毎晩怖くなるのか？　パリ祭まで続くんだぞ」

「ええ……だからひとりにしないでください……お願い」

そう、毎晩怖くなってしまうから。このひととの別れが近づくことが。

「希来……」

「音も怖い、光も怖い。夜に空が光るのはいやです。ルーシの修道院でひとりで暮らしていたとき、どんなに暗い夜でもどんなに寒い夜でも怖くなかったけれど……雷鳴が響く夜だけは怖くて。死んでしまった先輩修道士たちがあの世で嘆き哀しみ、苦しんでいるようで」

これは本当だった。深夜の雷鳴だけはどうしようもないほど怖かった。

「雷鳴なんて、ただの科学的現象だ。恐ろしいものではない」

「でも聖霊の苦しみと怒りのように聞こえたんです」

「聖霊になったものがどうしてそんな。神のところに行ったのに。悪霊になったわけでもなし」

「でも本当はみんな天国に行っていない、聖霊になっていない、雷鳴を聞くと、ふとそんな気がして哀しくなってきたんです」

「聖霊になっていないって……どうしてそんなふうに」

「あそこにいた修道士は、誰一人、オメガであることに幸せなんて感じていませんでした。みんな、運命を呪っていました。いろんなものを憎み、神への恨みを口にし、哀しんでばかりいました。雷鳴の夜になると、その哀しみの声を思いだすのです」

「希来……」

希来の言葉に苦しそうにクロードが眉を寄せる。

「でも翌朝、太陽が射して、雨に濡れた世界がきらきらと光にあふれると、大丈夫だ、悲しみを浄化させて、先輩たちはあの光に包まれながら聖霊になって天国に行ったという気持ちになるので……雨あがりの朝は、鐘楼に上って、ひとりで草原を見渡していました。こんなふうに大地を抱きしめるようにして」

希来は窓を開け、バルコニーに出て、両手を広げた。どーんという花火の音。眩く光っている焔（ほのお）の姿は幻想的で、雷鳴とは違うことがわかる。とても綺麗だ。花が咲いたようだ。

「危ないっ、なにをしている」

クロードに後ろから抱きしめられ、希来はハッとした。バルコニーから落ちそうになっていた。

「こうして目の前で煌（きら）めく花火を見ていると、思ったよりも怖くないですね。雷鳴にも似ていない気がしてきます。あっ、でもやっぱり怖いかも……」

「どうした、似ていると言ったり、似ていないと言ったり、怖くないと言ったり怖いと言ったり」

「わからないです、いろんな感情が渦巻いて。怖い、でもなつかしい。哀しい、でも愛しい。わからない、自分の感情が。矛盾しているものがいっぱいで。急にルーシが恋しくなったり怖くなったり」

「ルーシに帰りたいのか」

ルーシ。故郷。誰もいない。けれど、世界で一番美しい場所。

「帰りたい。ええ、いつか帰りたいです。あの広大で透明な空の下に。あなたと見たあの草原に帰りたいと思っています。あそこで聖霊になりたいです」

「希来……」

後ろをふりむき、希来はクロードを見あげた。

「一つだけ、わがままを言ってもいいですか」

「あ、ああ」

「いつかあの場所にもどしてください」

「希来……」

「皇太后さまに孫と認めてもらって、パーヴェルさまと契約して、彼の子供を産みます。子供が誕生して、アルファだというのがわかって、相続の手続きが行われたら、約束通り、あなたに半分の財産を渡します」

「希来……俺は半額が絶対に欲しいとは……」

「約束ですから。そして……子供がきちんと大人になって、ぼくが財産の管理をしなくてもいいようになって、ぼくの役目がなくなったら、そのとき、あの大地にぼくをもどしてください」

「……もう違う国になってしまっているぞ」

「わかっています」

「もう草原も修道院もないかもしれないぞ」

「ええ。でも空はきっと変わらないと思いますから」

「ああ、空は変わらないだろう」

「だからあの美しい空の下で、聖霊になりたいのです、あなたの腕に抱かれて」

クロードの目がこれ以上ないほどやるせなさそうに細められる。

「あなたの手にかけて欲しいとは言ってません。自分でこの十字架にある薬を飲みます。あなたに会わなかったら、あの日、飲んでいた薬です。ただ、そのときにひとりぼっちは淋しいから」

「つまり俺に最期を看取ってくれと言っているのか」

「ぼくをあの修道院から連れだしたのはあなたです。それなら、最後まで責任を持って、元の場所にもどして、ぼくの魂をこの肉体から解放してください」

「……っ」

「約束してくれるなら、ぼくも約束します。あなたの望む人生を立派に歩んでみせます。帝国は存在しなくなりましたが、皇帝の後継者として、誰よりもしっかりと亡命貴族社会を守り、財産を有効に活用し、今の腐敗した亡命貴族社会を改善する努力をしてみせます」

　希来の言葉にクロードは深々と眉間にしわを刻んだ。

「そんな決意をしているのか」

「はい」

　クロードは少し苦い笑みを見せた。

「俺の負けか」

「え……」

「いや、何でもない。わかった、約束しよう。いつか一緒に見に行こう。天を覆う白夜の美しい空と、修道士たちの魂を宿らせた光を。二人で見たあの大地に、俺ももう一度帰りたい」

「ありがとうございます。でもちょっと変ですね。あなたの口からそんな感傷的な台詞がでるなんて、世界が終わりそうで怖くなってきました」

「では一人で行け」

「冗談です……そんなことはもう言いません。約束してください。いつかぼくが役目を終えたときに、連れていくと」

早くて二十年後。この人がそれを約束してくれるなら、きっと大丈夫。きっとがんばれる。

「もう花火も怖くなくなったか？」

「あ……いえ、怖いです」

「来年のパリ祭のとき……怖くなっても……俺はいないぞ」

つがいになっても、パーヴェルという人とは心は繋がらないと思う。いくら皇太后が孫と認める前につがいになってはいけないという約束でも、ルーシに助けにもこない、その日までクロードに任せきり。愛も思いやりもない人だというのがわかる。

「ええ……多分、来年はもう怖くなくなっていると思うので、今年だけでも」

(だから多分、心は通じない。でもこの人とは違う。心が通じているように感じる)

クロードにとっては仕事かもしれないけれど、それでも仕事以上に、一人の人間として、こちらと真剣に向きあい、心を通いあわせてくれているように感じるから。

今さらながら、いい人を好きになってよかった、という実感とともに。

「完全に俺の負けだ」

クロードは部屋にもどると、狂おしげに希来を抱きしめた。

「いつのまにこんなに……おまえのことを」

「え……」

「独りごとだ。今から独りごとを言う。聞き流せ」

クロードは希来のほおを手のひらで包み、いつもの尊大な口調で言った。

「おまえに会うまでは、殺してやろうか、めちゃくちゃにしてやろうか——とも思っていた。おまえの存在を憎く感じていたからな」

「……っ」

「おまえのせいで、家が没落した。おまえがオメガに生まれたばかりに……おまえを死んだことにしなくてはいけなくなって、さらに皇妃まで亡くなってしまい……宮廷の人々は、外国人だった母に疑惑の目を向けた。暗殺に加担したのではないかと。そんな根も葉もない噂が出て、俺の父は仕事を失い、心労で亡くなり、母と妹は見捨てられて……結果的に革命で惨殺された」

「そんな……」

「最後まで聞け。おまえに恨み言を言いたくて言ってるんじゃない。母方の親族もドイツとの戦争で行方がわからず、パリで亡命貴族とつるむ気もなかったので、自力で生きるため裏社会に入った。すると俺の金目当てに亡命貴族どもが寄ってきた。おかしかったよ、かつては見捨てたくせに。そうした経緯もあって、彼らの鼻を明かしたくてこの仕事を引き受けたんだ。誰よりも早くおまえを見つけたくて」

それが彼がこの厄介な依頼を承諾した理由だったのか。

「そしておまえが最悪なやつだったときは殺し、別の人間をおまえの替え玉にする。おまえが普通の性格の人間だったときは俺の自由に動かせる駒にしようと考えていた。俺の言いなりにして、俺の思うままに動かせるように。いずれにしろ悪魔のような思いが俺のなかに蠢いていた」

「で、結局、ここにいるということは、ぼくは後者だったわけですね」

「バカ、最後まで聞けと言っただろう」

「……っ。すみません」

「おまえはどっちでもなかった。むしろ天使だった」

希来は驚いて目を見はった。

「それだけに悔しい。おまえをパーヴェルのつがいにするのが」

「え……」

「もっと悔しいのは、どうして俺がおまえなんかにこんなバカバカしい想いを抱かないといけないのかってことだ」

「え……」

「オメガで、その上同性で、無垢な子供のまま大人になったような、それでいて聖人のように清らかな心を持っただけの、この社会でちゃんと生きていくのさえできなそうなどうしようもないほどまっすぐな性格で、本当にただ、皇帝の血を引いているだけの、そう、財産を継ぐためにめ、子を作るためだけの存在なのに、どうしてこの俺が」

とても悔しそうに言うクロードの気持ちが嬉しかった。

「そうですよ、本当にそれだけの存在なので、どうかぼくなんかに情を抱かないで。仕事で相手をしているだけだと言い聞かせてください」

「だが、何度言い聞かせてもだめだ、おまえがパーヴェルのつがいになると思っただけで胸が痛む。おまえが別のアルファの子を孕むなど耐えられない。俺だってアルファだぞ」

「なら、噛みますか？　ここを。そうしたらぼくはあなたのつがいになりますよ」

希来は修道服の襟を外し、首を差しむけた。

「……おまえはそれでいいのか」

「ええ。ぼくはかまいません。ただし、もう財産は手に入りませんよ。ぼくもなにも相続できない。ただのオメガ、それでもよければ」

本気ではなかった。でも訊いてみたかった。

「ただのオメガでも、おまえが欲しいと言ったら」

その言葉に胸が熱くなる。嘘でもいい。その言葉を耳にできただけで。

「お互い冗談を口にするのはやめましょう。ぼくはパーヴェルさまのつがいになる運命ですので。でも抱きたいなら抱いてください」

「憎たらしいことを言う。また発情か。いやなやつだ、俺を煽って」

クロードは希来の身体を抱きあげた。

「待って……ぼくは発情してませんよ」

「俺が発情している」

ベッドに希来を横たわらせ、クロードがのしかかってくる。

「おまえを誰にも渡したくない」

「……っ」

「つがいにはしない。だが、約束の日までは俺のものだ」

「約束の日……」

「そう、皇太后に会う日までは。その日までは俺だけのものだ」

クロードは希来の足をひらき、修道服の裾をたくしあげながら、両肩を押さえ、首筋に顔をうずめてきた。

「あ……ん……っ」

ズボンを下げられ、革手袋に包まれた手がすべりこんでくる。

クロードは希来の胸に手を忍ばせ、小さなふたつの粒を指で押しつぶしてきた。

それだけで身体の中心から熱い雫がとろりと滴り、閉ざした内腿のすきまをあたたかいものが濡らしていくのを感じた。

「つがいになるな、パーヴェルなんかの」

どうしてそんなことを言うのか。心が揺れる。

でも彼がそう言ってくれればくれるほど、希来のなかで自分の決意が固まっていく。

そんなに愛しく思ってくれてありがとうございます。でもぼくはあなたを守りたいのです。あなたに後悔させたくないのです。

「すみません、でもぼくはあなたのつがいになんかなりたくないです。皇帝一家の人間としてパーヴェルさまの子を産みたいんです」

「俺を好きなのに？」

「あなたのことは大好きです。でもぼくは家族が欲しい。祖母もつがいも子供も欲しいんです。あなたはそれをぼくから奪うんですか」

「……っ」

「ぼくにおばあさまと又従兄と子供を与えてください」

「くそっ」

クロードの腕に胸を抱きこまれる。

「抱くぞ」

ベッドに押し倒され、衣服を脱がされたかと思うと、舌先が乳首を這う。少しそこを舌でつつかれただけで胸の粒がぷっくりと膨らんでしまう。

「ああっ……ん……ふ……っ」

浅ましいほど乳首を嬲る彼の舌の感触が好きだ。その弾力のある舌先に乳首を弄られるたび、そこから身体の内側がどろどろに煮えたように熱くなり、脳まで痺れていくような気がする。

「ああ……あっ……ああ」

たまらなくなって希来は首を左右に振って息を吐いた。乳首が彼からの刺激に悦びを感じている。いや、それだけではない。希来の全身が快感に溺れ、すでに下肢のあたりにはじんじんとした快感が広がっている。

「誰のものになっても…俺を忘れないよう……おまえに嫌ってほどの快感を植えつけてやる」

忌々しそうに吐き捨てると、クロードは希来の白い胸の皮膚を手のひらで集め、その先のぷっくりと尖った乳首を舌先で捏ねまわしていく。

「は……っ、う……んっ……ああっ」

すぐに気持ちよくなってしまう。

発情期でもないのに、このごろはクロードが触れただけで、希来の全身はしっとりと汗ばみ、下肢のものは快感の蜜をあふれそうなほど垂らしている。

いつしかそんな足の間にクロードの手が忍びこんできている。先走りでぐしょぐしょになっている性器を握りしめてクロードが苦笑する。

「またこんなに濡らしているのか」

恥ずかしさのあまり、とっさに彼の肩を突っぱねようとしたが、力が入らない。

どくどくと漏れ出ていく熱い先走りの滴りが陰嚢を伝い、さらに引力に負けて奥へと流れ、いつしか腿のあたりがぐっしょりと湿っていた。発情期でもないのに、希来の肉体は性的衝動に支配されたかのように、快楽に溺れそうになっている。

「ああ………ああっ」

射精感がつきあがり、たまらなくなったそのとき、クロードの指が後孔に挿りこんできていた。腰が跳ねあがりそうになる。

そのまま足をひらかれ、硬い切っ先が窄まりに触れた。

先端はすでに彼の体液にぬめっていて、その感触に背筋がぞくりとする。希来の入り口はすぐにでもそれを咥えこもうとわなないている。

ぐうっと肉の環にめりこみ、粘膜をこすりながら挿りこんでくるクロードの器官。猛々しい肉塊が体内を圧迫し、根元まで埋めこまれて、希来は大きく身をよじらせた。

「あ、あ……っああ……っ」

足の間にすきまなく腰をみっしりと押しつけ、奥まで貫いたかと思うと、今度はすぐに腰を引かれる。一度、大きくひらかれた粘膜が、物欲しげにふるふると震え、激しくわななく。

その肉の煽動のなかへ、再び、猛った性器が埋めこまれ、内臓まで突きあげられる。

「あっ……っ……ふ……っ」

激しい抜き差しに頭が痺れ、粘膜がどんどん熱に支配されていく。肉を穿つ音が響き、つながったところから衝きあがってくる甘い苦痛が脳まで灼かれそうだ。まだ発情期を迎えていないのに、すでに発情しているかのように。

「狭い……熱くて……とろとろなのに狭い……喰い殺す気か」

熱いのは彼の息だ。だが体内で脈打つ猛りのほうがもっと熱い。溶かされ、爛れさせられていく。

「あ……あぁっ、ああっ……ああっ」

希来はいつしか貪欲に自分から腰を揺らしていた。喉からはうわずった声があふれ、身体はがくがくと痙攣（けいれん）している。

「ああっ、ん…… ……っんん……っ……っああ……くく……っ」

じわじわと快楽に支配され、内側から突き上がってくる喩えようもない心地よさに、自分が違うものになりそうで怖くてしょうがない。

「ああっ……だめ……い……く……っ」

強く突かれるたびにもう強烈な快楽に、骨まで蕩けそうになっている。少しずつクロードの突きあげが加速し、希来の身体はどうしようもなく甘く疼き、射精感が極まってきていた。

「いやっ、ああ……っあああっ……ああああっっ」

たまらず、希来は欲望を弾けさせていた。

「ん……っ……あ……あぁ」

熱い。熱くて甘くて、そして狂おしい。

どうしよう。発情期でもないのに。こんなに身体が発情してしまうなんて。どくどくと爆（は）ぜたもので己の身を濡らす一方、まだきつく男を締めつけながら希来の内部の肉は妖しく痙攣している。

「希来……」

「あっ」

両腕で抱きしめながらそのとき、体内でクロードのものが弾けているのを感じた。


それから毎夜のようにパリ祭まで、クロードは希来を求め続けた。

その間、もしかしてクロードが噛み痕を残してくるかと思ったが、結局、彼はそういうことはしてこなかった。

ぼくに祖母と又従兄と子供を与えてください、と言った希来の言葉が彼の衝動にブレーキをかけたらしい。

最後の夜もそうだった。明日、皇太后に会うという最後の夜。

「……っ」

希来のなかで果てながらも、クロードは首筋に顔を近づけてくることはなかった。

「これでいいんですね」

その背に腕をまわして問いかけると、彼が「ああ」とうなずいた。

つがいにしないのですね？　という意味に対する彼の答え。

いっそ、つがいにしてくれてもよかったのに。と思うのだが、やはり祖母に会う前にそうなるのはダメだという気持ちもあった。

クロードのこれまで辿ってきた人生。

彼が何のために自分をここに連れてきたのか。

そして彼を狙うルーシの貴族たち。

そんなもろもろのものを思うと、ただの無力なオメガではいたくなかった。

彼を守れるだけの存在になりたい。

だから最初の予定通り、自分はパーヴェルのつがいになるべきだと思っていた。

7 オメガの真実

パリ祭のあと、皇太后の面接が始まった。彼女が孫をさがしているということで、希来以外にも数人の候補がいるらしい。

パリの最高級ホテル・サヴォイのスイートルーム。そこにいた皇太后は、まるで今にも帝政時代がよみがえってきそうな装いをしていた。

父の母親、つまり祖母。今となっては、たった一人の直系の親族だと思うと、胸が熱くなったが、皇太后は冷ややかな陶器のような目で希来を見るだけだった。

「初めまして。希来です」

修道士の格好のまま、希来は彼女の前に跪き、彼女の手をとって挨拶のキスをした。

「クロードにしては迂闊ですね。偽物としか思えないような、こんな子を送りこんできて」

皇太后は切り捨てるように言った。皇太后は一筋縄ではいかない。すぐには信じてもらえないかもしれないとは、クロードから聞いていた。最初は冷たくされるだろうとも。

「ぼくを疑っているのですか」

「数人の候補者のなかから本物をさがしあてなければなりません」

皇太后はきっぱりと言った。

「他の候補者とも面会されているのですね？」

「もちろんです。そのなかで、キリル・ニコライヴィチと名乗らず、キラだなんて愛称で自己紹介したのはあなただけですよ。礼儀作法も知らないのですか？」

「すみません、物心ついたときから、そう呼ばれていたので。あ、ただキラではなく、漢字で希来という名前をイメージして名乗っています。母の国の名前なので」

「クロードから名前のことを聞いたのですね。あの男は皇妃のお気に入りだったから」

「はい、先日、教えてもらいました。希望が来ると書いて、希来という意味の名を母がつけてくれたと。ものすごく嬉しかったです。それまではなにも知らず、ただ東洋の血を引くからアイデンティティを忘れないため、東洋の名を使っているという意識しかなかったのですが」

希来は笑顔で言った。しかし皇太后はふっと鼻先で嘲笑した。

「そう言えば、私があなたを孫だと認めるとでも？　ずいぶん稚拙な役者さんですね」

「いえ、役者ではありません。ルーシ正教の修道士です」

「知っていますよ、見ればわかるでしょう。高位の貴族たちが毎日のように修道士姿のオメガを連れてきますが、誰一人、証拠らしい証拠も持っていない。あなたはなにか持っていますか」

「いいえ」

「では、本物であるとは決められません」

「どうしたら決めてもらえるのですか」

希来は立ちあがってまっすぐな目で問いかけた。

「証拠がなければ決めるわけにはいけません。候補者全員が偽物だということもあり得ますから」

皇太后はため息をついた。

「では、まだぼくはこのままなんですね」

「このまま?」

「あなたに認めてもらってパーヴェル殿下の伴侶になって子供を作る。そのためにクロードにここに連れてこられましたし、そうなるものだと覚悟してきました」

希来は十字架を手に握り、皇太后を見つめた。

「そう。でもまだそのままでいることになるでしょうね。もういいです、帰りなさい」

とりつくしまがない。一筋縄ではいかないとは聞いていたが、案の定そうだった。

「わかりました。退出します。あ、でも、その前に、おばあさまと呼んでいいですか」

「孫でもない人間に呼ばれるのはごめんです」

「孫かもしれない人間です。でもやっぱりいいです。ちょっと呼んでみたかっただけなので」

「呼んでみたかっただけ?」

皇太后は小首を傾げた。

「家族というものはどんなものか知りたかったのです。でもダメですね、今、こうしてお会いしても、あなたには何の親しみも感じません。ぼくにとって、あなたは例えば血のつながりがあったとしても、遠いひとなのだということを改めて実感した次第です」

「変わったことを言いますね」

皇太后は目を大きく見はり、まじまじと希来を見つめた。

「変わっていますか？」

「他の人間は、どんなに私が冷たくしても、なつかしい、切ない、愛しいと言って涙を流して、肉親との再会の喜びにむせび泣いていました。でも、あなただけです。あなたは涙を見せようとしません。どうしてですか」

「だって、ぼくは別にあなたが愛しくないので」

「そんな言い方をしていいのですか、あなたは孫と認めてもらいたいのではなかったのですか？　そのためにここにきたのでしょう、クロードにさがしだされて」

「ええ、孫と認めてもらいたいです。自分の真実が知りたいというのもありました。でも今はどちらかというとクロードのためです」

「クロードのために」

「はい」と、希来は笑顔でうなずいた。

「ルーシ帝国の財産を手に入れ、亡命貴族社会で力をつけ、彼を守ろうと決意しているので」

「なぜ、あなたがクロードを守る必要があるのですか」

「最近、彼がよく狙われていることを知ったので。命を狙うものもいます」

「マフィアに身を落としてしまっていますからね。仕方ありません、ヤクザ者同士の抗争でしょう」

皇太后は呆れたように言った。

「やめてください。身を落としたただなんて言い方、たとえ皇太后さまでも許せません」

きっぱりと言う希来に、皇太后は驚いたように目を見ひらいた。

「私に注意するのですか？　言葉を慎みなさい。不敬ですよ、私を誰だと思っているのですか」

「誰であろうと、慎むつもりはありません。あなたの孫だと認められていない以上、ぼくはどこの誰でもない、この世に存在しないような人間です。誰に不敬をはたらこうと問題ありませんから」

希来の返事に、皇太后は面白そうに笑った。

「確かにその通りかもしれません。では先ほどの言葉は撤回しましょう。私の間違いでした」

「ありがとうございます。それからもう一つ、知っておいてください。彼を狙っているのは、抗争相手ではありません。ルーシの亡命貴族たちです。彼に金を借りた挙句、返せなくなって、結局、彼に危害を加えてなかったことにしようとしているのです」

「それはあり得るでしょうね。最近、亡命貴族たちの間で貧困が深刻になっています」

「そうした貴族たちはこれからも増えるでしょう。彼らが亡命時に持ちだした財産が減るにつれて。そうなればますます亡命貴族社会は混乱する。それを何とかしたいと思ってここにきました」

「何とかしたい？　国家はもうないのに、何ができるのですか？」

「でもそこから逃げてきた人たちは存在します。土地がなく、国家として承認されていないだけで、見えない国家がまだ存在するのです。ぼくをさがし、皇族との間に子供を作らせ、その子に財産を譲ろうとするのもその証拠ではありませんか。国家がないというならば、わざわざそんなことをしなくても、あなたの財産として誰に譲ってもかまわないのに」

「ええ、その通りです。本当はそうなのです」

皇太后はうなずいた。

「見えない国家。それがいずれ滅ぶのか、これからも存続していくのか、まだわかりませんが、まだ存在する以上は、そこに秩序と平和をもたらしたい。そうすることがクロードを幸せにすることでもあるので。ぼくはそのためにここにきたのです。ぼくの望みはただそれだけなんです」

まっすぐに彼女を見つめる希来に、皇太后は微笑した。

「立派な考えです。……クロードをそこまで愛しているのですね」

「はい」

「クロードを愛しているのに、会ったこともないパーヴェルのつがいになるのですか」

「そのつもりです」

「どうして」

「それがぼくの運命だから受け入れるのです。皇帝一家のオメガに生まれた役目なので。その代わり、役目が終わったら、クロードのものになります。一緒にルーシに帰るんです」

「ルーシに？」

皇太后が目を細める。

「ええ。この世のどこよりも美しい場所にもどります。すべての役目を終えたら、あそこに二人で行って、ぼくは彼に抱きしめられてこの忌まわしい肉体を捨てるんです。そして聖霊になるんです。それがぼくの真実の愛です。だからあとは役目を果たすだけです」

「……クロードを愛しているのに、そんな選択をするのですか」

「愛しているからこそ、彼の役に立ちたいんです。それがぼくの喜びです。あなたに親しみを感じる前に、あのひとを愛してしまいました。だから、ぼくにとって、一番大切なのはクロードで、そのためにしか涙は出ないんです」

笑顔で話しているのに、なぜかポロリと眸から涙が流れ落ちてきた。

「例えば、私が本当の肉親でも、それでもそれよりもクロードを愛しく思うのですか」

「すみません」

大粒の涙をぽろぽろと流しながら希来がうなずいたときだった。ふいに皇太后の手が希来の背に伸びてきた。そして慈しむように強く抱きしめられた。

「え……あの……っ」

髪を撫でられ、額にキスをされたような気がして、希来は驚いたように目を見はった。

「……っ」

どうしたのだろう。いきなり。とまどいながらも、思わずその背に手をまわしかけた次の瞬間、皇太后は希来の背から腕を離した。そしてくるりと背をむける。

「わかりました。あなたがどういう人物なのか、本音を知れてよかったです。結果は、明日の私の誕生日の席で公式発表しますが、孫と認めたときは先に連絡します。さあ、もういいですから、ここから出ていきなさい」

「皇太后さま……」

「出ていきなさい、もうけっこうです」

冷たくそう言うと、皇太后はドアを指差した。

結果は、明日の誕生日の席で発表。抱きしめられた瞬間、孫だと認めてもらえたような気がしたが、まだそうではなかったらしい。

でもあのとき、希来のなかでは、それまで感じていなかった祖母への愛しさがこみあげてきた。背を抱く腕の強さ。優しく上品な香り。彼女に抱きしめられていると、クロードとはまた違った愛しさがこみあげてきて胸が痛くなった。これが肉親への愛しさという感情なのだろうか。

(クロードの姿がない……少し早いから、まだ迎えにきていないのだろうか)

一時間ほどの面談と聞いていたが、半分ほどで終わってしまった。

エレベーターホールの前の椅子に座って待っていると、ふっと長身の人影が現れた。

「おばあさまは君を認めたのか」

長めの髪をした男が問いかけてくる。何者だろう。

「え……あなたは……」

「又従兄のパーヴェルだ。きみの伴侶になる予定の」

金髪の髪の綺麗な風貌の男。けれど遊び人だという噂通りの、少し派手な雰囲気の男性だった。

「初めまして」

希来が微笑すると、パーヴェルもつられたように微笑した。

又従兄のパーヴェル。このひとの伴侶になり、子供を作る。そう思うのに、実感が湧かない。

どうしてなのだろう。何のときめきも感じない。発情期ではないので仕方ないといえばそうかもしれないが。

「そっくりだな、きみの異母弟たちに」

「そうなんですか？」

「いや、もっと綺麗だ。いっそ今夜、俺と契約しないか」

「それはできません。明日、皇太后の誕生日の席で、承認を得てからでないと、皇帝一家の人間にはなれませんから」

通りぬけようとした希来の腕をパーヴェルが摑む。

「……っ」

「待て、訊きたいことがある」

「はい」

「クロードと寝ているな？　発情期の身体をあいつに慰めてもらっているのはわかっている」

希来は押し黙った。けれどパーヴェルにはわかったのだろう、口の端を歪めて嗤笑した。

「やはりそうか。あいつに、首筋を嚙まれたりしていないだろうな」

「当然です」

思わず希来は強い口調で反論した。

「なら、俺と寝てもいいじゃないか」

「いえ、今夜は発情していませんので必要はありません」

きっぱりと言う希来に、パーヴェルはおかしそうに笑った。

「頼りなさそうに見えるが、なかなかしっかりしているな。どうだ、食事だけでも」

「時間がありません。九時に迎えがくることになっているので」

「ああ、それなら大丈夫だ。クロードの許可はとってある」

本当に？　クロードが許可するとは思えないが。

「俺が送るから安心して。食事だけだ。きみのことを知りたいし、俺のことも知ってほしいからね」

パーヴェルにひっぱられ、フロアの奥にあるレストランへとむかう。パーヴェルとともにレストランに入ろうとするが、入り口で、支配人に妙な顔をされた。

「パーヴェルさま、その方は……オメガではありませんか」

「それがどうした」

「ここはアルファ専門のレストランです。オメガの方の出入りは……」

「彼は、ルーシの皇族だ。オメガといっても、特別なものだよ」

パーヴェルが金を渡す。しかしそれでも支配人が断ってきた。

「他のお客さまが不快に思われます。オメガの方でも、むかいのホテルの地下ラウンジでしたらご自由に入れます。どうかそちらへ」

「失敬な」

「いいですよ、ぼくは。もう帰りますので」

とっさに希来はパーヴェルの腕を引っ張った。

「わかった、むかいのホテルの地下のラウンジに行こう。軽く一杯飲んでから送るよ」

パーヴェルは希来の肩を抱いてエレベーターに乗りこんだ。

「あの支配人は……どうして彼はぼくがオメガだと。ふつうは外見では……」

「彼もアルファだし、あのくらいの接客のプロだと、発情期でなくても、オメガかどうかくらい察することができるんだろうよ」

そういうものなのか。だとしたら、この先も自分はこうした差別を要所要所で受けていかなければならないのか。

明確な境界線。入ってはいけない場所が自分にはあるのだ。そんな実感を抱きながら、ホテルを出て、パーヴェルに手をひっぱられ、むかいのホテルの地下のラウンジに入っていく。

そこは最上階のレストランとは雰囲気が違い、もう少し若い層が自由気ままに楽しんでいるような雰囲気のところだった。

「パーヴェル。珍しい毛色のを連れているな。神父さんか」

グラスを手に、すでに酔っ払っている若い男がパーヴェルに声をかけてくる。常連らしい。

「ああ、神父のオメガだ。可愛いだろう?」

「初めまして。よろしくお願いします」

「へえ、神父さんか。綺麗で色っぽいな」

ジロジロと値踏みをしてくる。彼はアルファのようだった。

「……あの、なにか飲み物をとってきます」

にぎやかな場所も視線も慣れないので、そっとパーヴェルから離れ、希来は片隅へとむかった。

ぼんやりと店内を見ていると、壁にはめこまれた鏡にものめずらしげにまわりを見ている希来の姿が映っていた。

男性らしさを感じさせない繊細で小作りな風貌。修道士の服。オメガゆえなのかどうかわからないが、屈強な男らしさには欠けている。かといって、女性的というわけでもない。

「どうした、希来、こんなところで。どうだ、一緒に踊らないか」

グラスを手にパーヴェルが現れる。

「踊る？」

「タンゴだ。今、流行っている。知っているか？」

「え、ええ」

「それはいい、俺と踊ろう」

パーヴェルにグッと腰を抱き寄せられる。密着した瞬間、思わず希来はパーヴェルを手で突っぱねていた。一瞬、クロードの声が耳の奥でよみがえったからだ。

『あいつとは……別に踊らなくてもいい。俺以外と踊るな』と言ったクロードの言葉。

ふたりで踊ったタンゴ。別の人間と踊ってしまうと、その大切な記憶を失ってしまいそうな気がして嫌だった。

「すみません、踊れません……ぼくは……誰とも……タンゴは踊れません」

「何だ、つまらない男だな。酔いが足りないのかもしれないな、飲め」

近くのウエイターが持っていたグラスを手にとり、ぐいっと喉の奥に酒を流しこまれる。

「う……っ……っ」

初めて飲んだアルコール。喉と食道にカッと火が走ったような熱を感じ、頭がくらくらとする。酩酊感に襲われ、足元がぐらついた。

「……っ」

倒れそうになった希来の身体をパーヴェルが支える。そのとき、一瞬、首に鋭い痛みが走った。噛まれたかと思ったが、彼の指輪がかすめただけだった。

ホッとしたのもつかの間、胸に抱きこまれ、ほおに息がかかったかと思うと、唇をふさがれそうになった。ムスクとタバコの匂い。クロードとは違う匂いに、とっさに希来は顔をそむけていた。

「すみません……もう……帰ります……。アルコール……ダメみたいで」

希来はふらふらとした足取りで入り口へとむかった。店の外に出て、階段をのぼっていく。

「待てよ、送っていく。オメガが夜の街に出たらどうなるか。レイプされてしまうぞ」

階段の踊り場ですかさず手首をつかまれ、身体を抱きこまれる。

「いっそ、今、俺が噛み痕をつけようか。そうなれば、他のアルファを惹きつけなくなる」

「やめてくださ……っ……今は……発情期ではなくて……」

「ああ、そうか。発情期のとき以外は、契約が成り立たないんだったな。まあ、いい、抱かせろ、おまえがどんな身体をしているのか知りたい」

「いけません……お願い……今はダメです。祖母から認められてからです。だから今はまだ」

抱きこまれそうになり、修道服のボタンを外されそうになる。乳首を弄られながらも、それでもなんとか階段をのぼってロビーからホテルの外に出ようとしたそのときだった。

「────っ！」

前に現れた長身の男を見て、希来は冷水を浴びたような衝撃を感じた。ごくりと息を呑む希来の前に、黒いスーツを身につけた長身の金髪の男が立っていた。

「クロードさん……」

「今、皇太后のところに迎えに行ったのに。どうして勝手にホテルを出て、こんなところに」

クロードがこれ以上ないほど眉間にしわを刻み、希来の全身を舐めるように見つめる。乱れた着衣、ボサボサの髪、肩にかかったパーヴェルの手。誤解されているかもしれない。

「あの……パーヴェルさまがクロードさんと約束して、ぼくを送ってくれることになったと」

「そんな約束をした覚えはない」

「まあまあ、クロード、細かなことはどうでもいいじゃないか」

ふっとパーヴェルが嗤ったかと思うと、後ろから希来をはがいじめにし、胸のあたりを弄り始めた。クロードが鋭くふたりを睨みつけてくる。その視線の鋭さに一気に酔いが醒めていく。

「婚約者同士、仲良くしていただけだよ。おまえだってこの男に手を出しているんだろう。俺がかわいがるほうが自然じゃないか、婚約者なんだから」

「まだです。まだ皇太后の許可が下りていません」

「そうだったな。明日、皇太后が答えを出したら、次回の発情期に俺と契約するんだもんな。それからは毎日子作りだ。たっぷりこの色っぽい修道士と愛しあって」

パーヴェルのその言葉に、背筋がゾッとした。このひとと契約し、子供を作る。生々しい言葉をクロードの前で吐かれたことと、自分がそれをすることになる未来に。

「それなら、なお迂闊な行動はやめてください。これまでの努力が無駄になります。さあ、希来」

「待てよ、クロード。怒らなくてもいいだろう、婚約者がどんなやつか知りたかっただけだ」

「知ろうと知るまいと、皇太后が孫だと承認されたとき、彼はあなたのつがいになるのです。それまでご自重してください。でないと借金の全額返済を今すぐ要求しますよ」

「俺を脅すのか」

「脅しではありません。ビジネスです。では」

クロードは希来の手をとって、勢いよく車にむかって歩き始めた。

「ま……待って……っ」

「黙ってろ。早く車に乗って」

クロードは車に希来を乗せると、パリの車の流れに入りこんでいった。ドミトリーではなく、めずらしくクロードが車を運転しているのはどうしてだろう。

「あの……皇太后さまは……」

「明日、郊外の別荘におまえを連れてこいと言われた。ルーシの亡命貴族たちを一斉に集めた夜会で、おまえを孫だと承認するそうだ」

「本当に？」

「ああ」

よかった。認めてくださった。肩の荷が下りたような、ほっとした気持ちになりながらも、ついにそのときがやってきたと改めて実感し、乾いた風が胸を吹きぬけるような感覚を抱いた。

「あ……でも、どうしてぼくに。さっきはそんなご様子はなかったのに」

「ふつうの祖母と孫ではない。莫大な遺産、皇位がかかった決断だ。簡単に決定することはできないだろう。とにかく明日の夜に正式に発表される。心の準備をしておけ」

クロードの話し方に棘(とげ)を感じる。さっきからこちらを一度も見ようとはしない。用件を口にしながらも、それ以上は話すなというような空気を感じる。何となく重い空気を感じているうちに、車はモンパルナスに到着していた。

「早く部屋に入るんだ。大事な身体だ、明日までは外出禁止だからな」

ひっぱられ、部屋へと連れていかれる。クロードは上着を脱ぎ、無造作に椅子に引っ掛けると、冷ややかに問いかけてきた。

「で、パーヴェルとなにをしていた」

彼の肩にはショルダーホルスター。銃が差しこんである。見れば、袖口に血がにじんでいる。どこか怪我をしているようだった。

「また危険なことがあったのですか」

「そんなことはいい、それよりもパーヴェルとなにをしていたのか、言え」

有無を言わさない命令口調。こんなに怒っているクロードは初めてだ。

「タンゴに誘われて……お酒を飲まされて」

睫毛を揺らし、とまどいがちに答える希来を、クロードは忌々しそうににらみつけてきた。

「あいつと……踊ったのか?」

「いけないのですか」

「踊っていいとは言ってない」

希来は思わずクスッと笑った。まだ酒が残っているせいかもしれない。

「どうした、なにがおかしい」

くいっと襟元を摑まれ、じっと凝視される。希来はその顔をまっすぐ見あげた。

「あなたがおかしくて。だって、パーヴェルさまと踊るためにしたレッスンですよ。それなのに」

怒ったような顔のまま、クロードが肩に手を伸ばしてくる。

「パーヴェルと寝たのか」

「どうしてそんなことを……」

「その首の傷痕は？」

「え……」

そんな傷痕があるのだろうか。パーヴェルにつけられた覚えはないが。そう思ったとき、倒れそうになった際に彼の指輪でこすったことを思いだした。

「あ、これはパーヴェルさまに」

「つがいにされたのか」

突き刺すような冷たい口調。どうしてそんなふうに苛立った態度を取られないといけないのか。

「まさか、発情期じゃないのに。それに祖母にも認めてもらっていない段階で」

「なら俺の許可もなく、あいつと連れだったりするな」

「あなたの許可って、どうして。明日、孫だと認められたら、ぼくは彼のものになるんですよ」

「言うな！」

言葉を遮り、クロードはぐいっと希来の腕を引っ張って、壁に肩を押しつけてきた。

「俺に従うと言ったのに。勝手なことをして。ここをパーヴェルにキスされたのか、こんなふうに」

首筋に顔をうずめられ、強く吸われる。いきなり修道服の裾をたくしあげられ、とっさに希来は彼の腕を突っぱねようとした。

「クロードさ……っ……待って……や……パーヴェルさまにって……どうして」

「言ったじゃないか、タンゴを踊って、パーウェルにここに痕を残されたと」

クロードは誤解している。指輪でできた傷なのに。タンゴだって、誰とも踊っていないのに。

第一あなたに怒る権利なんてないんですよ。あなたがパーヴェルさまとのことを望んだのに。それなのにどうして一緒にいただけでそんなふうに怒ったりするのですか。

「明日まで、おまえは俺のものだ、なのに、あんな男と……。ここも触られたのか？」

クロードの手が胸をまさぐり、乳首を指先で摘まれ、ジンと下腹が痺れてきた。と同時に、ふっと希来の胸にこれまで感じたことのない妖しい感覚が湧き起こり、全身を疼かせ始めた。

「そこも弄られました、あなたがしているようなことをたくさんされました、淫らな行為を……」

思わずそんなことを口にしていた。クロードがもっと怒ることを予測しながらも。

「……寝たのか、あんなどうしようもない男と」

「でも、未来の伴侶です。次の発情期に正式に契約し、彼に抱かれ、子供を……」

希来は笑顔で言った。もっとクロードに罵られたい。もっと怒られたい。もっと責められたい。もっともっと強く縛られたい。そこに込められている彼の感情に、おそらく自分と同じもの——恋情のようなものがあるのがわかるから。

「言うなと言っただろ！」

低い声が響いたかと思うと、クロードは希来の腕を引っ張ってそのままベッドに押し倒してきた。一気に修道服を脱がされ、クロードの手が皮膚に触れる。それだけで息が震えた。

「ん……っ」

「どこまでされたんだ、あいつに」

その冷酷な声に希来は全身をわななかせた。忌々しそうに彼の指先が乳首を押し潰し、噛みつくような勢いで唇を貪ってくる。息もできないほどの苦しさなのに、かっと下肢に火が散ったようなむず痒さが広がり、希来はクロードの肩にしがみついていた。

彼はパーヴェルに嫉妬している、彼が独占欲をむけている。だからこんなにも嬉しいのだ。こんなにも胸を切なくさせるのだ。明日からは、もうこんな時間は持てない。もう触れあえなくなる。今夜が最後になるかもしれない。それがわかるからこそ、こんなにも歪な喜びを感じているのだ。

「そこ……そこにも……パーヴェルさまに……触れられて……」

クロードの手が下肢に伸びてきて、希来は思わずそう口走っていた。彼の嫉妬を煽るように。

「ここも触られたのか」

ズボンのなかに手が忍びこみ、すでにぐっしょりと潤んでいたそこはクロードの手のひらに握り締められたとたん、とくとくと淫らな蜜をあふれさせてしまう。

「そう……胸を唇で吸いながら……そこを手で包んで……」

「あの男、よくもそんなことを」

忌々しそうに吐き捨て、クロードは希来の乳首を舌先で嬲り始めた。その手に性器と陰嚢をぐりぐりと弄びながら、弾力のある舌先で荒々しく乳首を嬲られる。

熱い吐息も熱い手のひらも心地よくてたまらない。肉体だけでなく、心がずっと感じていた空虚感のようなものが満たされていく。

「んっ……ん……っ」

やがて侵入しようとしてくる気配に、ぴくりと腰の皮膚が張りつめる。熱く脈打つ怒張に浅ましいほど希来の全身が痺れる。それで思い切り穿って欲しい。めちゃくちゃにして欲しい、と。

「でも……そこは……なにもされてませんから……そこだけじゃなく……どこもなにも」

「——っ！　……本当か？」

一瞬クロードが目を眇める。「はい」とうなずくと、ホッとしたような顔で彼は息をついた。

「約束……ちゃんと守ってます。もちろん……ダンスだって……あなた以外と踊っていません」

「当然だ、明日まで、おまえは俺のものだ」

俺のもの。そんなふうに言われるのが嬉しい。その背を強く抱きしめた次の瞬間、ぐぅっと勢いよく双丘の狭間を熱いものが貫いてきた。

「ああっ、ああ……あっ、あ……っ！」

つながったまま腰を抱きこまれて押しあげられる。粘膜をこすりながら貫き、腰をひいては突きあげられていく。グリッと感じやすい部分を抉られ、あまりの快感に希来はクロードにしがみつきながらのけぞり、よがり声をあげ続けた。

「ああっ、ひいっ、やっ……ああっ、そこ……ああっ……いいっ」

こちらの声に呼応するように猛然と腰を使い、クロードが荒々しい抜き差しをくりかえす。

腰がガクガクになっている。けれど体内を彼のもので埋め尽くされ、その圧迫感に希来の心も身体も満たされていた。

好きだ。このひとが大好きだ。だからめちゃくちゃにして欲しい。この刹那の熱を一生分の幸せとして受け止めるから。

こんなにも誰かを好きになれて幸せだったと実感しながら、最後の夜を記憶したいから。だからもっと激しく、もっと荒々しく。このまま破壊してしまうほど。

つながったところに放出し、それでもまだ欲望がおさまらないのか、クロードがぐちゃぐちゃと音を立てながら、なおも腰を打ち続けてくる。希来の喉から出る声もかすれ、何度も意識を失いそうになりながらも、この幸せをたっぷりと記憶しておきたくて、彼の腰の動きに自ら応え、発情期でもないのに情欲を貪り続ける。

「……今夜で終わりです……だから……一生分の思い出を……ください……」

一瞬、クロードの動きが止まる。そしてやるせなさそうに目を細めて希来を見下ろしてきた。

「ああ」

希来の顎をつかみ、クロードが唇を近づけてくる。触れあうだけのやわらかなキスだった。初めてするようなしっとりとした甘いキスだった。

「……っ」

そのまま啄むように食まれ、唇の皮膚をすりあわされ、希来はまぶたを閉じた。この最後の夜を一分一秒のがすまいと必死に彼にしがみつきながら。


そしてどのくらい求めあっていただろうか。明け方、何度目かの絶頂に朦朧としたあと、クロードが丁寧に身体を拭ってくれたのだけは何となくおぼえているが、それ以降の記憶はない。

朝陽が目に触れ、うっすらと目をひらくと、そこにクロードの姿はなかった。ドミトリーが現れたため、ベッドを後にしたせいだった。

「クロードさま、大変です。皇太后さまが喘息の発作でお倒れになりました！」

「容態は？」

「落ちついておられますが、しばらく郊外の別荘で療養されることに。ここ数日の後継者さがしの件と、パーヴェルさまたちの事件もあって、随分とご心労が重なったようです」

祖母が倒れた？　心労？　パーヴェルさまの事件？

彼らの会話が聞こえ、希来はハッとしてベッドから飛び降りた。ガウンをはおってドアにむかう。

しかし次の瞬間、身体の奥に覚えのある疼きを感じ、希来は絶望的な気持ちになった。

「あ……っ！」

発情期——？

こんなときに。どうしよう、どうして今、発情期がきてしまうんだ。祈るような気持ちで抑制剤をとりだし、希来は急いで口に含んだ。

もしものときのことを考え、クロードがアメリカから入手した新しく開発されたばかりの発情抑制剤だった。

すーっと、妖しい疼きがおさまり、希来はホッとして修道服に着替えると、廊下にでた。

「皇太后さまのご容態は？」

「大丈夫だ。だが、おまえに会いたがっているそうだ。大事な話があるらしい。正装用の白い修道服に着替えて、出かける準備をしろ。すぐに出発だ。ドミトリー、車をまわせ」

すぐに出発。では、もうクロードとのここでの生活は終わってしまうのか。切ない気持ちでクロードを見つめる。彼はスッと視線をずらし、銃の装塡をチェックすると、上着をはおった。

「では、行くぞ」

何の別れの言葉もなし。希来からも言葉が出てこなかった。今日までありがとう、と言ってしまったら、もう本当に彼と終わってしまう気がして、なにも言えなかった。

ドミトリーの運転する車に乗り、パリ郊外の別荘へとむかう。祖母の別荘は、美しい草原と湖が広がる湖水地方の一角に建っていた。

「よくきてくれたわね。大丈夫よ。少し心労が続いたのもあって、気管支を悪くされているだけだから。綺麗な空気と静かな生活をされれば落ちつかれるわ」

ソーニャが案内してくれる別荘内には、希来の部屋も用意され、二階の見晴らしのいい部屋に案内された。今夜の皇太后の誕生パーティは中止。希来が孫だということは、弁護士が作成した法的な書類にサインしたあと、明日、新聞に正式な発表をする形をとることになったと説明された。

「希来、あなたはこちらへ。皇太后さまのところへ案内するわ。クロードは客室にいるから」

「あの……ご心労の原因というのは？」

「パーヴェルが財産を早く欲しいと言いだされてね。昨夜、皇太后さまとちょっと揉めたのよ。あなたのことは弁護士が書類を作成しているところ。夕方には届けにくるわ。そのとき、クロードにも証人になってもらう予定だから、夜までここにいてもらうことにしたの」

「パーヴェルさまは……なぜそんなに財産が必要なんですか」

「クロードからの借金だけじゃなく、別のマフィアからも借金をして困ったことになって。とりあえず皇太后さまがそちらの分は肩代わりされたんだけど。彼の仲間が、あなたを迎えに行こうとしているクロードの車に爆弾をしかけたりして、昨日はとにかく大変だったのよ」

だからクロードの迎えが遅れたのか。ドミトリーの姿もなかったし、車もいつもと違っていた。

そうして皇太后の部屋に行くと、彼女は帝政ルーシ時代のようなドレスをきっちりと身につけ、毅然と椅子に座っていた。ドレスの色は黒。

「皇太后さま、いいのですか、起きあがったりして」

「たいしたことはありません。女官たちが大げさなのですよ」

ソーニャや女官たちがいなくなり、部屋には皇太后と希来だけになった。ホテルの部屋と違い、こちらは琥珀の壁にイコンが埋められた、優雅でルーシ風の建物となっていた。

「私も年ですね。倒れてしまうなんて。孫を得た喜びに少し興奮してしまったかもしれません」

「孫だと認めてくださるのですか」

「その前に、あなたに謝らないといけないことがあります」

皇太后は跪いている希来の髪に手を伸ばしてきた。

「あなたがオメガとして生まれたのは、呪われているからでも悪魔の仕業でもないのですよ」

「え……」

「私のせいなのよ。私がオメガとして生まれた身だから」

「……おばあさまは……アルファでは」

「私のなかに、アルファとオメガの双方の性を保因する遺伝子が流れているの。あなたも同じ。あなたにもアルファの血が流れているのですよ」

アルファとオメガの双方の性を保因する遺伝子。そんなこと、聞いたことがない。

「一刻も早くパーヴェルと契約し、彼の子を作りなさい。あんなろくでなしと契約させるのはかわいそうだけど、残りのふたりは麻薬に溺れている。パーヴェルとつがいになるしか、あなたがアルファになる方法がないの。彼と契約し、子を産みさえすれば、あなたはもうオメガではなくなります。あなたのなかに保因されている皇帝一族のアルファとしての遺伝子が目覚めますから」

「どういうことですか」

「オメガといっても、皇帝一族に生まれるのは、特別なオメガなのです。同じ皇帝一族のもの、つまりオメガ遺伝子を身体のどこかに保因したアルファの遺伝子をとりこみ、妊娠さえすれば、身体に変化が起き、アルファになることができるのです。私がそうであったように。でもそれは皇帝一家の人間以外に絶対に知られてはいけないことだったのです」

特別なオメガ。今ではもう皇太后はアルファにしか見えない。

「では出産してしまったら、ぼくの身体は」

「皇帝一族の子を産んだあとは、あなたはアルファとして生きていくことができます。出産能力もなくなります。私も、あなたの父親一人しか生んでいません。これは、皇帝一家だけの、秘密なのです。ルーシの我が一族にだけ続く謎の遺伝子と伝えられています」

あまりのことに驚き、希来はただ呆然とすることしかできない。

「私は女性だったから良かったけど、アルファの男子が出産というわけにはいきませんからね。あなたも成人するまで女子として育て、アルファになったあと、どこかの修道院長にという案もありましたが、皇妃がそれをいやがって」

「母が？」

「ええ。そうしている間に、皇子誕生が世間に知られてしまって。だから死んだことにして、クロードの母親に修道院へあずけさせたのです。オメガ誕生がわかると、貴族たちが叛乱を起こしかねない不安定な政情だったので。そのショックで皇妃は身体を弱らせて亡くなって。そうした混乱のなか、いつしかクロードの母親に皇子暗殺の疑惑がかかってしまいましたが、彼女は頑として一家の秘密を外に漏らすことはなかった」

「……っ……そう……だったのですか」

「あなたは子供さえ作れば、アルファになれます。もう国家はありません。突然変異として、アルファになったと発表しなさい。そうなれば、パーヴェルとのつがいも解消できますし、自由に好きに生きていけばいいんですよ。クロードのもとに行ってもいいんです。だからその前に、パーヴェルのつがいに。一年でいいから、一人でいいから子供を産むのです」

「一人でいいから」

「クロードにそう伝えてもかまいません。いえ、伝えなさい」

不思議だ。オメガとして生きてきたのに。いきなりアルファになるのだと言われても。

伝えるだけのことを伝えて安心したのか、皇太后は椅子の背にぐったりともたれかかった。

「皇太后さま、ご気分が」

「少し休みます。医師と看護師を呼んでちょうだい。夕方六時に弁護士がきます。そのときまで私も休みますので、あなたも部屋で待っていなさい。あるいはクロードに説明を」

パーヴェルのつがいになったらアルファになれる。そうなれば、これまでのようなひどい目に合わなくてすむ。アルファとして堂々と生きていける。

皇太后の部屋を出て、希来は自分の部屋にもどった。バルコニーから外を眺めると、美しいフランスの大地が広がっていた。ルーシとは違う。不思議なほど穏やかな風景だと思いながら眺めていると、庭園にクロードの姿があった。

「話があります。ぼくの部屋にきてくれませんか」

声をかけると、クロードがやってきた。

「弁護士との書類作成の証人になってくれるそうですね」

「俺がルーシから連れてきたんだ。その経緯も説明し、おまえの正統性を証言する義務がある」

「あとは謝礼をもらうだけで、その後、あなたはもうルーシ帝国とは関係なく、モンパルナスのマフィアとして生きていくのですか」

「俺に消えてくれ……と言っているようだな」

「ええ、書類作成が終わったら、すぐに消えてください。ぼくはパーヴェルさまと契約しますので」

まだ抑制剤が効いているが、もう発情期が始まっている。だとしたら、この期間の間に、パーヴェルに、つがいの印、首に噛み痕をつけてもらうことになる。書類作成後、早ければ今夜、或いは明日にでも。そうなったあと、クロードとは会いたくなかった。他の男の腕で、淫らな行為をして、他の男の種をこの身に宿すことになってしまう自分を、大好きな人に見られたくはないのだ。

「変わったな」

「変わった？　ぼくがですか？」

「ロシアの大地を見て、目を輝かせていたのに。今は窓の外の美しい風景を見ようともしない」

「前は……なにも知らなかった子供だったからですよ。どれほど自分が世間知らずだったか」

「希来……」

「そうだ、聞いてください。皇太后さまが教えてくれました、パーヴェルさまのつがいになり、子を産んだら、ぼくの身体が変化してアルファになるそうです。すごいと思いませんか」

「アルファになりたかったのか」

「当然です。もう発情期がこないんですよ。もう誰の子も孕まなくてもいいんですよ」

「そんなに……オメガが嫌だったのか」

「嫌じゃないひとなんていません。昨日、レストランで支配人に断られたんですよ、他のお客様が不快に思うからって。オメガというだけで。ぼくには変わりないのに、断られたんです。子供にも嫌われました。そんなのばかりです。もうそんなのは嫌です。アルファになれるならなりたい。不快だなんて言われなくなりたい。そう思ってはいけないのですか」

　希来の言葉にクロードは小さく息をついた。

「パーヴェルさまのつがいになっても、一年ほどのことなんです。そのあとの長い人生、ぼくはアルファになれるんですよ。すごい意味があります」

　皇太后は、クロードの元に行くのをすすめていたけれど、自分にはできない。行きたくない。クロードが大好きだ。愛している。だから他の男に抱かれた身体で会いたくはない。

「ぼくは正式な皇位継承者になれるんです。パーヴェルさまの子供さえ産めば、ぼくは皇帝になれるんです。皇太后さまが約束してくれました。そうなったら、ぼくを皇帝にしてくれるって」

希来はほほえんだ。

「もうルーシ帝国はないのに?」

「そう、もうないんです。ないのに、ぼくが皇帝になるんです」

言いながら虚しくなってきた。けれど言って、自分のなかでクロードと決別したかった。

「アルファになったら、すべて手に入れられるんですよ。地位も財産も平穏な人生も。でも国はない。それでも他のものはすべて手に入るんです」

「すべて?」

「いえ、まちがいです。国のほかに……愛もない」

「それなのに、皇帝の称号を手に入れるというのか。パーヴェルなんかのつがいになって」

「仕方ありません。ぼくはパーヴェルさまに抱かれて彼の子を産むんです。皇帝になるために」

「それでいいのか」

「こんな肉体、嫌なんです。こんな人生も嫌です。あなたが修道院に来なければそう思うことはありませんでした。でもあなたが教えてくれたんです。この世の喜びも哀しみも」

なにも答えず、クロードが苦しそうな顔で息を詰める。希来はまっすぐ彼を見た。

「それまでは、無知で、オメガで、みんなから蔑まれても笑って受け入れて……」

「だが、魅力的だった」

クロードは希来の肩に手をかけた。

「クロード……さ」

「一生懸命で、ひたむきで、そしてだからこそ、すべての人々の罪や哀しみを理解しようとしていたおまえは、とても魅力的だった……だが、今のおまえにはない」

「今のぼく、今のぼくというのはどういうぼくですか」

「アルファになれる喜び、パーヴェルのつがいになって、子を孕み、皇帝になることへの欲望。そのギラついた野心……。だがそういう姿も忌まわしいほど魅力的だ」

「どっちも魅力的なんですか」

「だが忌々しい」

「それはいけないことなのですか？　この世のなかで、より生きやすい道が手に入るんです。だからあなたとはもう終わりです。これまでありがとうございました」

希来はクロードに背をむけた。しかし「待て」という低い声とともに後ろから強い力で抱きしめられた。

この腕に抱きしめられてきた。何度も。何という馴染み深い腕なのだろう。人生で、自分を抱いたことがある唯一の腕。

「さよならのキス……してください」

ふりむき、希来はクロードを見あげた。

「希来……」

クロードがくちづけしてくる。しかしすんでのところで希来はクロードの唇を止めた。手で。

「すみません、やっぱりダメです、キスしたら発情してしまいます」

「パーヴェルのために我慢するのか」

「ええ。したら、おしまいです。待てません。あなたが欲しくなります」

「いっそ発情しろ。今朝から甘い匂いがしている。もうそろそろその時期のはずだ」

「ええ、そうです。そうなったら噛み痕をつけてくれますか」

今朝飲んだ抑制剤がいつまで保つかわからない。いっそ今、発情して、彼に痕をつけられたら。

「冗談です。前言はなしです。ここから消えてください。ただ最後にこれを……あなたに」

彼に渡そうと思っていたイコンのことを思いだした。ポケットからそれを出そうとしたそのとき、ふいに発情の火が点るのを感じた。だめだ、発情期だ。もう抑制剤が切れてしまったらしい。

「あ……く……っ」

「発情期がきたのか」

全身が震え、思わずクロードにしがみついてしまう。クロードは忌まわしそうに目を細めた。

どうしよう。抱いて欲しい。もう一度、パーヴェルさまのものになる前に、このひとから愛されたい。もう離れようと思ったのに。それなのに、発情したとたん、このひと以外には抱かれたくない、このひとに抱かれたいという、どうしようもない衝動が希来を突き動かしてしまう。

「お願い……抱いて……今すぐ、ぼくを助けてください……どうしよう……こんなことって」

「今夜、パーヴェルに抱かれるのじゃないのか」

「まだ書類は作成していません。お願い……まだ……ぼくはあなたのものだから……お願い」

もう一度、抱かれたい。無理矢理でもいいから、このひととつながりたい。決別しようとしたのに、発情したとたん、このひとが欲しくてどうしようもなくなっている。

「矛盾しているぞ。さっきは消えろと言ったくせに」

吐き捨てるように言って、クロードは希来の身体を抱きあげてのしかかってきた。その顔を見あげ、希来は祈るような気持ちで言った。

「ええ、消えて欲しいんです……この肉体がパーヴェルさまのつがいになったあとは。もう二度とあなたに会いたくない。見られたくないから。ぼくの魂のつがいに……他の男のものになった自分を」

「……言うな」

切なそうに、苦しそうに目を細めるクロード。

「クロード、ぼくの聖ミハイル。あなたを忘れません。だからあなたも時々ぼくを思いだして」

大好きだ。本当に好きで好きでどうしようもない。希来はクロードの手をとり、そのなかに一枚の聖母子を描いたイコンを差しだした。

手と手の間に、聖母子を描いたイコンが包まれる。一瞬、身体の発情が治まるような気がした。身体の熱が少しずつひいていく。抑制剤も飲んでいないのに、不思議なほど静かに。

このひとと身体をつなぎたいという衝動以上に、魂をつなぎたいという気持ちが勝っているせいか。今、このときに本当に彼とさよならをしなければ、そして彼の憎しみを解き放たなければという思いが募ってくる。だから一時的に発情の熱が引いていた。

「ぼくは……あなたの聖母になりたい。あなたの救いとなりたい。幸せを祈る存在でありたい」

胸に広がる静けさ、穏やかさ、希来はほほえみながらクロードの手にそっとキスをした。

「……俺が聖ミハイルで、おまえが聖母だと」

クロードは指先をそのままスライドさせ、希来の肩をつかんだ。

「あなたはぼくを守ってくれる存在。そして……ぼくに救いを求めている」

「————っ！　救いなんて、どうして」

クロードは半身を起こしてすかさず希来の手首をにぎってきた。その瞬間、火花とも電流ともいえないものがたがいの皮膚の間に奔っていくのを感じた。

「おまえに救いなど求めたことはないぞ」

「でもぼくには……そう見えます。憎しみの闇からすくいあげて欲しがっているように見えて。どうか……もうその闇から抜けだして」

「俺には……憎しみも闇もない。第一おまえにそんなことを言われたくない。ひとがひとを救うなんて……そんなことができるわけがない」

「確かに。では言い方を変えます……。ぼくを……赦してください。ぼくがオメガであることを」

希来の言葉にクロードは浅く息を吸った。

「今……何と言った……」

「あなたが望んでいるのは……ルーシの崩壊……ですよね。それと同時に、アルファ、ベータ、オメガによって、すべてが定められてしまう社会を憎んでいる。それゆえに罪深く、愚かな行動に出てしまう人間すべてを憎んでいる気がして」

「どうしてそんなことを」

「ぼくがオメガとして生まれたせいで……あなたの家が没落した。だからぼくを連れだす仕事を引き受けたんでしたよね。ぼくを利用して……ルーシ帝国の財産を奪おうとしたのは……亡命貴族の社会を崩壊させたかったから……ですよね？」

「そうだ、亡命貴族の社会を崩壊させるのが俺の復讐だな。不幸の原因はおまえだ、それなのにそんな相手に救いなんて求めるか、バカバカしい」

「だから赦して。ぼくを赦せば、あなたは憎しみの闇から救われますから」

「希来……」

「ううん、違う、あなたはとうに赦している。ぼくを愛した時点で」

「……っ」

クロードはこれ以上ないほど苦しそうな顔をした。もう苛立ちも怒りもない。そこには大切なものを失うかもしれない子供のような、無防備で、切なそうな、彼自身の心の色が現れていた。

「ぼくたちは、本当に深く愛しあっている。あなたはぼくを赦し、憎しみを捨てれば救われる。そしてぼくはそんなあなたを支えたい。それなのに、あなたと寄り添えないのが哀しい。だから代わりにこれを持っていてください」

聖母マリア像を。彼への愛の証。彼への忠誠心。彼への祈り。

「もういい、もうなにも言うな。俺も答えを出す」

希来の手首をぐいと引っ張り、そのままクロードが彼の下に組み敷く。

「答え……？」

「壊してやる。おまえも……俺自身も、オメガもアルファも……めちゃくちゃにしてやる」

壊す？　なにを？　ハッとして見あげる希来に、クロードは唇を近づけてきた。

「おまえを……手に入れる。オメガのままでいい。必ず俺のものにする」

俺のものにする？　今、そう彼が呟いた気がするが、発情期の肉体が熱く快楽を求め、どうしようもなく悶えてしまって、その言葉をはっきりと耳に止めることができなかった。

クロードはクロードで荒々しく希来の足をひらき、体内を穿ってきた。深々と貫かれた瞬間、肉体の発情がもどってきた。粘膜がうち震えて彼のものを締めつけながら奥へと導いていく。

愛する相手との情交。自分は他の人間とこんなことができるのか？　今夜、本当につがいの誓いをしてもいいのか？


夕刻六時前――――。希来はシャワーで身を清めたあと、修道服を身につけた。発情の熱がおさまり、身体は落ち着いている。よかった。クロードは用があると言って出て行った。壊すと言っていた気がするが、なにをする気だろう。

「希来、書類作成の前に、皇太后さまがふたりだけでもう少し話がしたいそうよ。クロードは十五分後にくるとのことだから」

ソーニャが希来を迎えにきた。希来は緊張しながら、皇太后の部屋にむかった。

「希来、もう一度、あなたに訊きます。本当にパーヴェルと契約を交わしますか？」

「さっき、そのようにしろとおっしゃったじゃないですか。そうすればアルファになれると」

「どうしようもない男よ。それなのに、本当に、あの子の伴侶になるの？」

「でもそうすればぼくはアルファになれるんですよね」

「あの子の子供を産むんですよ。そしてアルファになる。アルファになったあとは、オメガではなくなるのですから、クロードの子を産むことはできませんよ」

「でもそれがぼくの生きる道ではないのですか。それにルーシの亡命貴族を守る目的もあります」

「ええ、わかっています。クロードを愛しているからでしょう？　なにもかもクロードのため」

希来はうつむいた。そんな希来の前に進むと、皇太后は分厚い封筒を差しだしてきた。

「これを受けとりなさい。もう弁護士は帰りました」

「これは……」

「スイス銀行の目録です。パーヴェルのつがいになる必要はありません。あなたが管理しなさい」

自分が管理。では、このままクロードのつがいになってもいいと？

「もういいのです。帝国はないのですから。そんな決まりに従う必要などないのです。私が壊します。それよりもあなたは自分の幸せのために生きなさい。オメガのままでもあなたを愛しいと思ってくれる相手。あなたが本当に寄りそうべき相手はクロードです。そのことに気づきなさい。さっきクロードがきて、あなたを誰にも渡したくないから、後で正式に挨拶にくると言ってました。オメガのあなたを一生守っていくと誓いたいと」

「……っ。クロードがそんなことを。……では彼は本気で……ぼくを」

「惹かれあっているのでしょう。無条件に」

「え……ええ」

「パーヴェルを見てもときめかないでしょう？」

「はい」

「クロードを見た瞬間に、惹かれたでしょう？」

「え……はい」

「それがつがいの証拠なのですよ。まちがった相手を伴侶にしてはいけません。アルファになるために、愛する者の手を離してはいけません。そうしたら、一生後悔します。私のように」

「おばあさま」

「私はアルファになりたかった。だから、捨てたのです、愛したひとを」

皇太后は大粒の涙を流した。

「そう……だったのですか」

「オメガの宿命を背負っても幸せになれる自信があるなら、本当に愛する人間の手を取りなさい」

「……それでも……あなたの孫でいられますか」

「もちろんです。ルーシ正教の修道士でオメガで、クロードのつがい。そして私の孫。つまりあなたこそ真のルーシの皇帝。あなたこそ、皇帝として生きるべき人間、他の人間には一切、その資格はありません。オメガでも関係ない、私の血統、つまり皇帝の血統はあなた一人。すべての権利と財産をあなたに譲るという書類を弁護士に渡しました。だから財産はすべてあなたのものなのです」

ルーシの皇帝。今はもう存在しない国。けれど彼女が言っている意味は、そういう意味での皇帝ではない。亡命貴族も含め、あの美しいルーシをふるさとにするすべての人々のために皇帝たる生き方を貫けという意味だと。

「おばあさま……ありがとうございます」

財産や権利を手に入れられたことが嬉しかったのではない。彼女が自分にそこまでの信頼と愛をよせてくれたことが嬉しくて、抱きしめられて涙が出てきた。

「……っ」

しかしそのとき発情期がきてしまった。身体が急に熱くなり、希来はとっさにポケットから抑制剤を出して飲んだ。皇太后がハッとして立ちあがる。

「クロードを呼びましょう。すぐに彼と契約しなさい、ここにパーヴェルがくる前に」

彼女が呼び鈴を鳴らしかけた瞬間、ドアを破って入ってくる男がいた。パーヴェルだった。

「大叔母さま、弁護士から聞きました。ひどい裏切りです、どうしてこんなオメガにすべてを！」

目が血走っている。皇太后は呆れたように息をつき、厳しい口調で言った。

「おまえの素行は目に余るものがあります。借金を払っただけでも感謝しなさい。皇族の生き残りとして甘やかしてきたことを反省しています。もうこれ以上のわがままは見過ごせません」

「くそっ、この女っ。これまでじっと我慢してきたのにっ」

パーヴェルが拳銃をとりだし、銃口を皇太后にむける。希来はとっさにパーヴェルと彼女の前に立ちはだかった。

「おばあさまっ！」

抑制剤が効かない。全身が熱くなり、身体がふるふると震えるような発情特有の症状に襲われてはいたが、それ以上に皇太后を守らなければという意識が身体を動かし、希来はじっとその場にたたずんだ。そんな希来をじっと見つめ、パーヴェルがふっと口の端をあげてほくそ笑む。

「ちょうどいい、発情期がきたのか。なら、この場でおまえをつがいにする。そうすれば、何の問題もない。おまえとの間に子供さえできれば」

パーヴェルが腕を引っ張る。とっさにその手を払おうとしたが、銃口が皇太后にむけられていることに気づき、希来は動きを止めた。シャンデリアの光を反射し、銃口がキラリと光る。

「やめろ、パーヴェルっ！」

そのとき、銃を持ったクロードが戸口に現れた。だがパーヴェルの銃に気づき、足を止める。

「どうすることもできないな。残念だったな、クロード」

笑いながらパーヴェルが希来の襟元に顔を近づけてくる。首筋に触れるパーヴェルの息遣い。だめだ、そこを嚙まれたら、つがいになってしまう。だが、このままだと皇太后が撃たれてしまう。

しかしクロードの銃に動揺しているのか、パーヴェルの銃口が別の方向にそれていた。クロードも気づいたらしい。

「希来っ、皇太后と身を伏せろっ！」

クロードの声が合図のように、希来はひじでパーヴェルの腹部を打つと、そのまま抱きしめるようにして皇太后を身体で覆って床に伏せた。

次の瞬間、銃口が火を吹く。数発の銃声がこだまし、硝煙のにおいが室内に充満したと思うと、パーヴェルの手からポロリと銃が落ち、血が飛び散るのが見えた。

「……っ」

パーヴェルの腕を銃弾が貫通したらしく、そのまま傷口を押さえて床に倒れこむ。ふりむくと、クロードの銃から煙が出ている。彼の腕も銃弾がかすめたのか、少し服が破れていた。

「大丈夫ですか、皇太后さま」

護衛が次々とやってくる。クロードがパーヴェルをとりおさえ、護衛にひきわたす。

「ええ、私は大丈夫ですよ。その男を警察に連れて行きなさい。皇太后暗殺未遂の犯人として」

皇太后はたちあがると、毅然として命令する。そして護衛たちがパーヴェルを連れて行ったあと、ホッとしたような顔で希来を抱きしめた。

「ありがとう、助けてくれて。あなたがあの愚か者のつがいにされなくて本当に良かったです。あなたは愛するひとのところに」

するとクロードが室内に入ってきて、皇太后の前に跪き、その手に挨拶のキスをした。

「皇太后陛下、今のお言葉が真実なら、彼をこのまま連れ去ることを許可していただいてもよろしいでしょうか」

「クロードさん……」

「皇太后陛下、お孫さんをいただきます」


「――発情は大丈夫か。少しの間、我慢して欲しい」

「え、ええ、抑制剤を飲んだので、まだ我慢ができます」

クロードは皇太后に馬を借り、希来を乗せて湖水地方の草原を駆けていた。月が美しい大地を照らしている。クロードはどこに行くつもりだろう。と不思議に思っていると、月を映した湖のほとりに、白いルーシ正教会の建物が見えた。金色の玉ねぎ型の屋根、それから特徴のある十字架。なかに入ると、人けはなかった。何本もの蠟燭が灯り、壁に描かれたイコンが美しく煌めいていた。

「あの、怪我は？　腕だけじゃなく、肩のあたりにも血が。止血したほうが」

希来はハンカチでクロードの血を拭おうと、シャツのボタンをはずしかけた。しかしその手をクロードが止める。

「待て。俺は大丈夫だ。その前に誓いたい。こっちへこい」

中央の祭壇の前にくると、クロードは希来の手をとった。

「神の前で誓う。おまえとつがいになる。だが、その前に、俺と結婚してくれ」

「クロードさん……結婚って」

契約ではなく、結婚？　希来は眸を震わせた。オメガとアルファのつがいの契約は婚姻とは違う。子供を作るためだけの専属的な関係、肉体関係を持つものとしての契約でしかない。けれどクロードは、確かに希来と結婚して欲しいと言っている。

「永遠の愛を誓う。俺はおまえのもので、おまえは俺のものだ。俺はおまえを守る聖ミハイルであり、おまえは俺を救う聖母となる。二人の関係は、子を作るための伴侶という、つがいの契約だけではなく、永遠に愛を育みあう夫婦でありたい。それを誓う」

「……っ」

クロードの決意に希来は息を震わせた。永遠に愛を育みあう夫婦。それを誓ってくれるなんて。

「ぼくも……ぼくも誓います……永遠にあなたと愛を育むことを」

小さな教会。ルーシ正教の祭壇の前で愛を誓う。何と幸せなのだろう。大きな手のひらにあごを掬いあげられ、たがいの唇と唇を重ねたあと、希来の修道服の上着を脱がし、クロードが首筋に唇を近づけてきた。希来はクロードの肩に手をかけた。次の瞬間、首筋にかすかな痛みを感じた。

「おまえは、永遠に俺のものだ」

「……っ」

首筋に加わる微かな痛み。けれどその痛みはすぐに甘美な刺激となっていく。今、この瞬間にクロ

ードのつがいになったのだという実感がこみあげ、全身が歓喜に震える。身体の内側からあふれるような幸福感と、早くこの男と繋がりたいという激しい欲望が突きあがってくる。

「希来、最初から決まっていたのかもしれない。俺の魂のつがいはおまえだと。だからこんなにもおまえが愛しい。自分の魂そのものに思えるほど」

その言葉に涙がこみあげてくる。ふりむくと、希来は愛しい気持ちでクロードを見あげた。自分の夫、そしてつがい。そう思ったとたんたまらなくなり、彼の肩に手をかけると、クロードもまた希来を抱き寄せ、狂おしそうにキスをくりかえしてきた。

「……愛しています、大好き……あなたが……大好きです……」

「俺もだ」

顔の角度を変えて舌を絡ませ、濃厚なくちづけに意識がくらみそうになったとき、クロードの指が奥の入口に触れた。希来はクロードの腕にしがみついた。

「これからはつがいだ。俺はおまえのもので、おまえは俺のものだ」

その言葉は、発情の火種よりもずっと身体を熱くした。同時に心を狂おしく締めつけていく。

首筋も鎖骨も乳首も脇腹も性器も陰嚢も後ろも……身体のすべてが彼に触れられるだけで喜びの声を上げている。彼の屹立が挿りこんできただけで、希来の粘膜は淫靡に収縮し、奥へ奥へと呑みこんでいく。つがいの契約をしたせいだろうか、自分の内部がこれまでよりも激しくうねり、妖しく蠢きながらその精を吸いとろうとしているのが下肢から伝わってくる。

「あ……ああっあ……あ……ああっ」

異様なほどの甘い疼きが脳まで痺れさそうとしている。彼の子供を身ごもるための身体に変化しているのが自分でもわかる。さらに彼と溶けあいたくてどうしようもなくて自分から腰を揺らす。

「あ……っ……いいです……もっと……そこ……いい……」

さらに深々と突きあげられ、希来は嬌声をあげた。大きく身をのけ反らせ　熱い奔流に呑みこまれるままにクロードに揺さぶられ続けた。

「クロード……クロードさん……がとう……あり……」

「どうした?」

身をよじらせる希来の背を抱きよせ、胸を合わせながらクロードが耳元で訊いてきた。

「ありがとうございます……ぼくと結婚してくれて……」

ありがとう、さがしだしてくれて。生きる道を与えてくれて。

肉親を見つけてくれて。オメガでも対等な人間だと教えてくれて。そしてなによりも、こんなにも深く愛してくれて。

そんなふうに心で語りかける希来の声が聞こえたかのように、クロードが囁く声が聞こえた。

「礼を言うのは俺だ……俺を救ってくれて。俺に愛を教えてくれて」

その言葉が耳に溶けた瞬間、涙が流れ落ちていく。クロードの動きが加速し、抜き差しが激しくなる。脳髄までとろとろに蕩けて、彼からの快感を感じるためだけの生き物になってしまったように激しい悦楽に呑みこまれていく。もう止まらない。彼が欲しい。彼と達したい。

彼の律動に合わせるかのように希来の粘膜も妖しく蠢き、腰がひとりでに揺れる。もう達ってしまう。だから、彼も早く一緒に――――。

「ああっ、ああっ、ああ――――っ」

「……っ」

荒々しく腰を打ちつけ、最大限に動きを加速させたあと、やがてクロードがぴたりと動きをとめる。だくだくと身体に流れこんでくるクロードの体液。煮え滾るような熱さに粘膜が激しく痙攣し、注がれた情愛の胤（たね）が腹一杯に溶けるのがわかる。希来も同時に達していた。全身に広がる快感と同時に魂が幸福感に満たされていく、ああ、つがいとして、夫婦として彼とようやくひとつになれた。そんな実感とともに希来は自分の体内にいつかきっと彼との新しい命が宿るような、そんな予感を抱いていた。

終章

澄んだ青空が広がるなか、遠くに壊れかかったルーシ正教会の修道院が見える。

明るい陽を浴びながら、風にゆらゆらと揺れる白いグリーンベルの花、紫色の薊(あざみ)や真っ白なレースフラワー。

そんな初夏の花が咲き乱れた大草原で、十歳くらいの双子の姉弟が戯れている。

「私、バレエダンサーになる。そして世界中に、パパとママを連れていってあげるの」

美しい花畑で手をあげて踊っている少女。その無邪気な表情は母親に似ているのに、金髪と青い眸と端麗な顔立ちは父親似のような気がする。

「ぼくは指揮者になるよ。ぼくだって、パパとママを世界中に連れていく」

クールな雰囲気の少年の風貌は父親似だが、焦茶色の髪と琥珀色の目は母親譲りだ。

そして、そんな双子の様子を馬上に座って眺めているふたりの男性の姿。

「夢のようです、帰ってこられるなんて。いつか来ようって、約束したこの故郷に……」

笑顔で希来が呟くと、後ろに座るクロードがそっとほおにキスをして強く抱きしめてくる。

「ああ。ただし、ここで眠るのではなく、これからも生きていくために」

眠るため――人生を終えるためではなく、未来にむかって生きていくために。

その力強い言葉を耳にすると、出会ったときのことを思いだして胸が熱くなる。

草原の向こうに見えるあの修道院で初めて会ったときから、このひとはずっと「生」とは何なのかを希来に教えてくれたように思う。

いや、正しくは、教えてくれたというよりも、与えてくれたという感じかもしれない。

この世に存在すらしていなかった自分を外の世界に連れだし、オメガでも変わりなく接してくれるだけでなく、思いやりをもってちゃんと叱ってくれたかと思うと、ひどい扱いを受けたときは希来以上に苛立ってくれた。そんなひとだからこそ、一緒にいるうちに、生きる喜びや愛することの幸せを知ることができたのだ。

ふたりの間にできた双子の姿を見ながら、今さらながら希来はそんなふうに実感する。この約束の故郷――ルーシの大地を新しい家族とともに踏みしめながら。


「――希来、希来、大丈夫か？」

ふいにクロードに肩を揺すられ、希来はハッと目を開けた。あたりは宵闇に包まれている。赤いネオンや街灯の光を背に、クロードが心配そうに希来の顔をのぞきこんでいた。

「あ……え……ああ」

夜のモンパルナスだ。太陽も草原もない。子供たちの姿もない。きらきらとまばゆいネオンの光に目を細め、希来は呆然とした面持ちで周囲を見まわした。

クロードが経営している劇場の屋上で、夜空を見あげているうちに、うたた寝してしまったらしい。

今のは何だったのか。まさか未来の夢を見ていたのだろうか。

「ダメじゃないか、こんなところで居眠りなんてして。風邪をひくぞ」

そうだった。今日、病院に定期検診に行ったあと、クロードに報告したいことがあって彼の職場までできたのだった。ちょうど彼が留守だったので、屋上のテラスまできて、彼がよく昼寝をしているソファに座り、遠いルーシの空のことを考えているうちにうとうとしてしまったらしい。

「どうした、変な顔をして。まだ夢から覚めていないのか」

「え……ああ、そうかもしれません。あんまり不思議な夢を見ていたので」

希来は立ちあがって、風に揺れる髪をかきあげた。クロードが目を細める。

「夢？　どんな」

「多分……未来の夢です。ぼくたちの未来の夢を」

「未来？」

「ええ、ぼくたちの未来です。とっても幸せな未来の夢を見たんです。ふたりの間に男女の双子が生まれて、十歳くらいになった彼らと一緒に、家族四人でルーシの草原に帰る夢です」

希来がふわっとほほえみながら言うと、クロードはフンとおかしそうに鼻で嘲笑った。

「それは、間違った未来だな」

「どうして」

希来が小首をかしげると、クロードが腰を引きよせ、顔を近づけてくる。

「十年の間に、双子が一回しかできない……なんてことはないだろう」

「え……っ……じゃあ」

たくさん子供を作るつもりなのですか？　と問いかけようとした希来の唇に、「そうだ」と言わんばかりにクロードが唇をかさねてくる。

「ん……っ……ふ……っ」

そっと唇を包みこむようにキスしてくるクロード。希来は目を閉じて、その唇に応えた。

今日、クロードに報告したいのは、この身体に新しい命が宿っていることがわかったからだ。医師から言われた。ちょうど二カ月になると。一番に伝えようと思ってここにやってきたのだ。

(だから、あんな夢を見たんだと思う。ふたりの未来の夢を)

でも、このひとの言うとおりかもしれない。この一回だけということはないと思う。

唇を離すと、クロードは希来の肩を抱きしめながら耳元で囁く。

「たくさん欲しい。もちろん一人でもいい。だがその前に、漢字の勉強をしないとな」

「漢字の勉強？」

「漢字は、おまえの名前しか知らない。希望が来ると書いて希来。おまえの母親がそうやって、まだ生まれてくる前のおまえに愛情をそそいだように、そして俺の母がどれだけ悪く言われても、死ぬまでおまえが生きているという秘密を守ったように、今度は俺とおまえとふたりで、愛情をこめた名前をつけ、誇りを持って新しい命を守っていきたいんだ」

「……っ」

胸の奥からこみあげてくるものに息がふるえた。ふたりで愛情をこめた名前をつけたい。このひとは何て嬉しいことを言ってくれるのだろう。

「とっても素敵な提案ですね。じゃあ、一緒に漢字を勉強しましょう。八カ月以内に」

「八カ月？　どうして……っ……まさか」

クロードが目を見ひらき、希来の顔をのぞきこんでくる。希来は笑顔でうなずいた。

しばらく信じられないものでも見るような眼差しで希来の顔を見つめたあと、クロードはなにかを噛みしめるように息を吸って、慈しむように背中に腕をまわしてきた。

「そうか……そうなのか」

「はい」

クロードの背に腕をまわす。密着するふたりの身体。互いの鼓動の音が伝わるようにしっかりと抱きあう。今はまだわからないけれど、ふたりの鼓動以外の鼓動がこの身体のなかに存在するのだと思うと、あまりに嬉しくて涙がこみあげてくる。

「やっぱり正夢だ。もっとたくさん欲しいが……俺も家族で故郷に帰りたい」

クロードが希来のほおに手を当てて額にキスしてくる。

「いつかその子を連れていこう。ふたりの故郷――ルーシのあの美しい原野に」

「ええ、約束どおり」

「ああ、ただし眠るためではなく、生きていくために。みんなの未来のために」

夢のなかと同じだ。その力強い言葉に胸が熱くなる。そして勇気と喜びが湧いてくる。この身体のなかに宿った命をこのひとと育てていく未来への希望とともに。

「ありがとうございます、あなたと結婚して本当に幸せです」

クロードを見あげ、笑顔をむける希来に、彼は少し視線をずらして突き放すように言った。

「バカか。そんなに簡単に礼を言うなと言っただろう」

「でも本当に心から感謝しているから」

「まだ感謝は早い。こんな程度で感謝されたり、幸せに思われたりしてたまるか」

「え……っ」

「もっとたくさんの幸せを計画しているんだ。子供が生まれたら、遡(さかのぼ)って、おまえの誕生も一緒に祝いたいし、子供が一歳になったら、おまえの一歳も祝いたい。二歳も三歳も。それから子供にクリスマスのプレゼントを用意するときはおまえにも。あとは祭に行って……」

　彼が言いたいことがわからず、希来はきょとんとした顔で小首をかしげた。

「あの……どうして、ぼくの誕生まで……」

「おまえに知って欲しいからだ。たくさんの幸せを。愛にあふれた誕生日や、わくわくするようなクリスマスのプレゼント、それから祭のときの移動遊園地やサーカス……。おまえの知らないいろんなことの楽しさをいっぱい知って欲しい。だから……」

　だからまだ感謝や幸せに浸るのは早いとクロードは言いたいのだろうか。

「わかったか？　ありがとうは、全部、俺の計画が終わってからにしろ、いいな？」

「……っ」

　そんなことを考えてくれていたなんて。ありがとうを口にしてはいけないなら、それにどう返事をしていいのかわからず、希来は困ったような顔で微笑した。

「迷惑か？」

「まさか……ただ……びっくりして……」

　あなたの愛の深さに。そしてこんなにも素敵な愛と幸せが自分に与えられていることに。

「なら、いいな、毎年、祝うぞ。まずは、新しい命を祝して」

クロードが手を差し出してくる。希来は「はい」とうなずいてそこに手を添えていた。触れあうか触れあわないかの距離で抱きすくめられ、唇を近づけられる。

ありがとうございます。なにもかもありがとう。そんな感謝の気持ちをこめながら、希来はもう一度クロードのくちづけに応えていた。

今さっき見た夢。きっとあんなふうな幸せな未来にむかって、これからふたりで生きていくのだ。こんなふうに寄りそって。感謝と幸せを噛み締めて。

あのあと、パーヴェルは逮捕され、希来は正式に皇帝一家の後継者として皇太后からすべての権利を譲り受けた。希来が財産の管理人になることとルーシ亡命社会の長であることに、まだ完全に亡命貴族たち全員が納得したわけではないが、この子が生まれてくるときまでには何とかしようと思っていた。

クロードも麻薬の取引はやめ、これからは劇場や酒場の経営とともに、正式に銀行のような金融機関をたちあげるという。

きっとこの子が生まれるころにはすべてうまくいっている。いや、それまでにちゃんと成し遂げよう。そう希来は決意していた。


そしてその翌日から、毎日、眠る前にふたりで漢字を勉強する楽しい日々が始まった。

ベッドでふたりで肩をならべて、辞書をひらきながら。

愛をこめてどんな名前をつけようかと相談しているうちにだんだん眠くなってうとうととしていると、クロードが肩を抱きしめ、そっと横たわらせ、シーツをかけてくれる。

「本当は……俺がいつもおまえに言いたくてしょうがないんだ、ありがとう、を」

希来が眠ったとかかんちがいし、耳元にキスをしながら彼がそんなふうに囁いてくる時間がとても好きだ。いつもは照れくさくて口にできないことを、時々、彼はこんなふうに言葉にする。

「俺のほうこそ……幸せなんだからな。それに……絶対に、俺のほうがたくさんおまえのことを好きだと思う。……もちろん……面と向かって言うのは癪に障るが」

そう言って、チュッと音を立ててクロードがキスをしてくる。その啄ばむような優しいキスも大好きだ。くすぐったくて、ついクスッとなりそうなのをこらえるのが大変だけど。

「ふ……っ……ん」

あまりにも熱っぽく甘くキスをされるので、うっすらと目を開けると、ちょっとバツの悪そうな顔でクロードが視線をずらす。希来はそんな彼を見てふわっとほほえむ。

「また……寝てしまったみたいですね……ごめんなさい。身ごもってから、どうも眠くて」

本当は寝たふりをしていたとは伝えずにそう口にすると、クロードは少しホッとしたような表情になって、いつもの暴君のような顔で突き放すように言う。

「じゃあ、さっさと寝ろ。俺は少し仕事の続きを」

そうして離れようとする彼の腕をつかみ、「待って、行かないで。抱いて……」と呟く。クロードはやれやれ仕方ないな、と言って希来の身体を抱きしめて、首筋や胸にキスをしてくる。

「ん……っ……っ……ああっ……」

この身体に新しい命を宿してから、発情期は来なくなってしまった。けれどオメガとしての発情とは関係なく、恋人同士や夫婦が愛しあうようにクロードを求めてしまう。

「おまえの乳首……妊娠してから……少し膨らんで……やわらかくなってきたな」

クロードがそんなふうに言って、乳首を舐めるのがとても恥ずかしい。けれどすごく心地いい。舌先でそっと優しくつつかれるとたちまち身体が熱くなり、さらに乳首が膨らんでしまいそうだ。

「ん……ふ……っああ……っ」

そこがそうして日々大きくなってやわらかくなってきたのは、子供ができたせいだけではないと思う。クロードが口や舌でそんなふうにしてしまったからだと思う。

「俺が達かせてやる。だからおまえはじっとしてろ」

こうして、このところ、毎日、彼は希来のすみずみまでたっぷりと愛撫し、口で達かせてくれたり、身体に負担がないように心がけながら際限なく快楽を与えてくれる。

「大好き……大好き……です」

そう言いながら、彼の背をかき抱き、甘い声をあげる。本当に幸せだ、こんなに幸せでいいのだろうかと思うほど。

だからオメガに生まれてきてよかったと思った。それゆえにすべてを失ったかのような人生だったけれど、それゆえにこうして、男でも愛するひととの子を身に宿せるのだから。そしてこんなにも生きることと愛することに喜びを感じられるから。

そんなふうに思いながら、その夜も希来はクロードから与えられる甘く狂おしい幸福に包まれて過ごした。

こんにちは。今回は「オメガバース」！　私らしさ（？）を加えつつ、設定ならではの切なさやエロさに挑戦しましたが、いかがでしたか？

主役は、心が狭い俺様攻のクロード（アルファ）と、凜とした健気受の希来（オメガ）。当初は攻が「暴君」の予定でしたが、結局、度量の広い受が天然無意識の暴君に？　二人の故郷、どの国かわかりますよね？　時代は約百年前。お伽話のイメージは「みにくいアヒルの子」に「アナスタシア」要素をごちゃ混ぜに。

素敵なイラストの駒城ミチヲ先生、どうもありがとうございます。表紙の色っぽくて格好いい攻と綺麗で可愛い受は、今、私のＰＣの壁紙に。表紙に加え、中の衣装や背景も美しく、ご一緒できて本当に幸せです。

担当様には今回もお世話になりました。細やかなお心遣いに感謝です。

読んでくださった皆様、本当にありがとうございます。好みが分かれるかもしれませんが、甘く恥ずかしい最後のいちゃラブな二人に、にやにやして頂けることを祈ってます。感想等、頂けましたら嬉しいです。

CROSS NOVELS をお買い上げいただき
ありがとうございます。
この本を読んだご意見・ご感想をお寄せください。
〒110-8625
東京都台東区東上野 2-8-7　笠倉出版社
CROSS NOVELS 編集部
「華藤えれな先生」係／「駒城ミチヲ先生」係

CROSS NOVELS

オメガ 愛の暴君

著者

華藤えれな

2018 年 1 月 23 日　初版発行　検印廃止

発行者　笠倉伸夫
発行所　株式会社　笠倉出版社
〒110-8625　東京都台東区東上野 2-8-7　笠倉ビル
[営業]　TEL　0120-984-164
FAX　03-4355-1109
[編集]　TEL　03-4355-1103
FAX　03-5846-3493
http://www.kasakura.co.jp/
振替口座　00130-9-75686
印刷　株式会社　光邦
装丁　Plumage Design Office

ISBN978-4-7730-8872-4
Printed in Japan